U0164280

3

盛唐三部曲

黃易

天地明環

【卷十六】

第一章 大發龍威

高力士伺候韋后、宗楚客兩人入御書房見李顯後，退了出來，尋到御書房所在中園北緣的六角亭。

符太倚柱而立，向他打出噤聲的手勢，並著他移至其旁。

龍鷹坐在石桌一邊，面向御書房的位置，閉上眼睛。

高力士明白過來，又難以相信。自己是擋隔了龍鷹和御書房間的連繫，忙移到符太身旁。

御書房離此逾百丈，龍鷹怎可能竊聽得房內李顯和韋、宗兩人的對話？

萬物波動。

起始之時，龍鷹差些兒沒法集中精神，透過能量波動，嵌進御書房內的波動去。

韋后比預料中早到了半刻鐘，就是這幾盞熱茶的工夫，令李顯沒法先定韋捷之罪，手握籌碼的和韋后進行談判。

更要命的，是想不到宗楚客不單敢來，且和韋后聯袂而來。這方面互為因果，他之敢來，是因有韋后做護身符。

現在是二對一，韋、宗兩人對李顯一人，大唐天子擔心的，全發生了，「敵眾我寡」，韋捷欺君之罪懸而未決，又是私下商議。李顯若頂不住，待會的內廷會，也不用開了。

韋后微僅可聞的聲音在龍鷹耳鼓內響起，他聽覺的波動如猛獸尋得獵物般，集中加強，將園內風吹葉動的諸般雜響，排斥在波動之外，聲音轉為清晰。

韋后道：「皇上緣何為微不足道的小事，大發脾氣？」

她這麼一說，龍鷹立即掌握情況，心忖宗楚客政治觸覺的敏銳，不同凡響，從蛛絲馬跡裡，看到韋捷毀諭一事，並非表面般簡單，而是背後暗含深意。

憑王庭經現今在宮廷的身份地位，到外面接范輕舟來見李顯還不容易，若怕人阻撓，大可由飛騎御衛護駕，那誰都清楚范輕舟是李顯的貴賓，偏偏就不是這樣子。

韋捷攔截馬車的行動，在宗楚客親身監視之下，見韋捷毀諭，心知不妙，忙趕往珠鏡殿見韋后，此時高力士剛好來「通風報訊」。

李顯一方的誤差，是這般形成。

此時韋捷被宇文破押至御書房外，等候發落。

李旦、太平和楊清仁，該在來此途上，沒一刻、兩刻工夫，休可抵達。

韋后話聲剛落，宗楚客的聲音響起道：「皇上召開內廷會議，是否與此有關？請皇上賜示。」

龍鷹禁不住為李顯頭痛，給兩人左右開弓，一邊指是「微不足道」，封著李顯進路；另一邊暗示如為此開廷會，是小題大作，假如李顯解釋，等於「洩露軍機」，讓兩人有所提防。

一個是惡后，一為權臣，兵權、人事，大部分操控在他們手上，李顯雖為一國之君，卻有名無實。

這才是真正的「政變」。

「啪！」

龍鷹弄不清楚是甚麼聲音。

李顯的聲音冷冷道：「是小事嗎？」

龍鷹醒悟過來，立告精神大振，他奶奶的，李顯竟將毀諭拋往地上，著兩人去看，語調堅定從容，又是問而不答，連消帶打，在任何一方面，均為這位大唐天子遠超平常的表現。

忙向默默注視他的符太、高力士豎起拇指，表示形勢非如他們想像般的一面倒。韋、宗兩人該從沒想過一向怯懦的李顯，有這麼激烈的一面，大為錯愕，說不出話來。

事出突然，管兩人奪得多少權力，然時日尚淺，根基未固，全賴製造叛亂餘波未了的假象，方能任意妄為，但實遠未足以動搖李顯的皇權。故一旦李顯大發龍威，兼之大明宮又是李顯的「地盤」，一下子鎮住兩人。

李顯的聲音打破沉默，輕描淡寫的道：「朕要斬了他！」

龍鷹差些兒不相信耳朵。

我的娘！

李顯竟照本宣科的，將自己向他說過的話，幾一字不易的說出來，還是當著韋后說，那就不是隔遠射冷箭，而是衝鋒陷陣，對決沙場。

果然韋后立即盡顯惡妻本色，尖聲叫道：「皇上！」

龍鷹聽到她沉重的呼吸，可知她按捺不住，肝火高燃。

韋后接著道：「君無戲言！皇上如何向我們的女兒交代？本宮亦無顏面對族人。」

宗楚客插言道：「皇上萬勿聽信讒言，根本是一場誤會。駙馬爺正在門外候召，待駙馬爺親向皇上解釋經過，定可令皇上消氣。」

韋后不容李顯有再發龍威的機會，緊接著道：「現時叛變尚未平息，主謀仍然在逃，廷內、廷外百廢待舉，皇上卻因小事誅戮功臣，徒然自亂陣腳，是否不顧自己的江山了？」

說這番話時，韋后聲色俱厲。

「聲」確聽得到，「色」則憑想像，說話完全不留餘地，可見平時李顯與她私下相處時，給她欺壓得有多慘。

韋捷何功可言？

韋氏子弟的功勞，全為宗楚客編造出來，以此為藉口，逼李顯「論功行賞」，也令韋后對武三思遭害的重重疑點，視而不見，墜入宗楚客的圈套，懵然未覺。

表面看，韋后多年未竟之願，完成於一夜之間，除去了李重俊的大患，韋氏子弟紛紛進佔軍中要職，兵權落入韋溫之手，又以為宗楚客對她忠心耿耿，勝利沖昏頭腦，比之以前，更不把李顯放在眼內。豈知經龍鷹等「薰陶」過的李顯，韋后的痛斥，觸及的正是李顯不容人碰的罩門死穴，皇權是也。

宗楚客向韋后道：「稟上娘娘，可傳韋駙馬爺進來嗎？」

他不徵求李顯意見，問韋后，極可能是往常慣了的，因韋后一向比李顯有主意，又愛作決定。然而際此極端情況，宗楚客不問帝皇問帝后，實觸犯李顯心內痛處，乃火上添油。

李顯淡淡道：「沒朕點頭，誰都不可以進來！」

兩人又再愕然。

李顯肯定鐵了心，與惡妻對著幹。

經此事後，不論誰贏誰輸，這對曾共患難的夫妻，關係永難回復以前妻強夫弱的情況，也將韋后推上殺夫的不歸路。

宮廷內的女人，沒一個是正常的。

坐在李顯後側的上官婉兒，沒說過一句話，亦不到她插言。

李顯的聲音響起，說得慢條斯理，一字一字的緩緩道：「駙馬沒有了，找另一個；江山沒有了，是亡國滅族。娘娘告訴朕，朕可否坐看一個乳臭未乾的小子，在數百羽林軍有目共睹下，不容朕派出的人宣讀朕的諭旨，還大膽毀諭？」

韋后一點不怕李顯，光火道：「人死了，就不能復生，一面之詞，怎可盡信？最該斬的，是范輕舟才對。」

李顯啞然笑道：「娘娘聽到的，難道又不是一面之詞？來！就像朕以前和娘娘、大相玩雙陸，我們下一盤，大家願賭服輸，娘娘敢下這盤棋嗎？」

此著奇峰突出，連龍鷹也不知有脫胎換骨表現的大唐天子，玩何把戲？

韋、宗兩人更看不破。雖看不見兩人神態，肯定慌了手腳。

韋后不悅道：「事關人命，皇上怎可視之為遊戲，本宮沒這個心情。」

李顯好整以暇的道：「雙陸是個比喻，輸贏卻是真的，娘娘是否奉陪，並不重要，皆因朕記起當年與大相玩雙陸的時光，故此局雙陸勢在必行。人來！」喚人的鐘音響起。

龍鷹睜開眼睛，向高力士道：「高大立即回到御書房外候命，看皇上有否用得著你的地方。」

高力士領命匆匆去後，龍鷹分心二用，仍緊鎖著御書房內的聲音波動，道：「精采！現在連小弟也不知皇上玩何把戲。噢！宇文破來哩！」

李顯悠然道：「破卿立即找十個曾親眼目睹毀朕諭旨過程的羽林軍，在隔離情況下，各自錄下事發的供詞。」

宇文破大聲應道：「遵旨！」

宇文破離開的足音剛起，韋后怒哮道：「且慢！」

李顯不悅道：「娘娘究竟是怎麼一回事？既來怪朕聽信一面之詞，卻又不肯接受『十面之詞』？」

給李顯斥責後，宗楚客噤若寒蟬。大唐天子發威，震撼之強，連遠在御書房百丈外的龍鷹，亦清楚感受到。

此時只有韋后仍敢和李顯說話，有那個資格。

韋后顫聲道：「皇上……」

龍鷹猜測韋后正目泛淚花，隨時可失聲痛哭。

宇文破止步，待李顯進一步的指示。

御書房籠罩在難堪、沉重的靜默裡。

誰曾想過，李顯有此一著？

在隔離獨立的情況下，誰敢寫下虛假的供詞？也沒人肯自發地為無德無能的韋捷去犯欺君之罪，冒著誅家滅族之禍。

韋后心知肚明，自己乃注定了的輸家，輸的非是一局遊戲，而是韋捷的小命。硬撐不成，只好走符太預料之中「一哭、二餓、三上吊」的第一步。

李顯的奇著是給逼出來的。

沒人曉得當日在病榻之旁，湯公公向李顯說過甚麼話，但肯定無一句是廢話，坦白直接，方可令李顯在沒徵詢惡后意見下，毅然冊立李重俊。

現時李重俊兵敗逃亡，李顯大權旁落，欲邀范輕舟入宮，韋氏子弟竟敢悍然阻截，還毀掉聖諭，湯公公當日的警告，成為眼前現實，若他仍不奮起反擊，將步上高宗的後塵，成為韋、宗兩人的傀儡。

李顯根本沒另一個選擇。

韋后飲泣道：「皇上……你要殺女兒的夫婿，不如先殺了本宮。」

跪地的微響傳來。

龍鷹特別留神，聽出在場的宗楚客、宇文破、上官婉兒，全跪到地上去。

上官婉兒的聲音道：「皇上開恩！」

李顯歎息一聲，不勝欷歔的道：「罷矣！罷矣！」

好一陣子，御書房內除韋后嗚咽落淚的哭音，沒其他聲息。

面對祭出最後一著的惡妻，李顯該滿懷感觸，往昔患難與共的妻子，現今如同陌路之人，剩著眼於她韋族外戚的利益，半點不體恤他的感受。韋后說該殺的是范輕舟，直斥李顯糊塗，是不留餘地。如果李顯硬嚥這口氣，他的皇帝不用當了。

韋后錯在落後於最新的形勢，仍以為李顯像以前般好相與，任她搓圓捏扁，不吭一聲。更不明白武三思之死，對李顯的影響有多大。

李顯事事含糊，得過且過，耽於逸樂，然卻非沒有底線。

他乃重情重義的人，故此對曾患難與共的惡妻、陪他一起受苦的子女，存有補贖之心，放之任之。可是，於唐室子弟，特別是皇弟、皇妹，他愛護之心，亦情真意切。即使女帝對他這個兒子不仁不義，他只懷仰慕之情，沒仇恨之火，要怪便怪母皇被人唆擺，誤會了他。武三思「接他回朝」，令李顯視其為知心好友，至死不渝。凡此種種，可知李顯最重「親情」。

可是，韋后的外戚集團，與陌生人分別不大，李顯從來沒與他們建立私下的關係。

女帝在世，由於憎厭韋后，其外戚家族被排拒在權位之外。到李顯登上寶座，韋后方開始引入韋族子弟，以為羽翼，但因有武三思從中作梗，又得李顯支持，故最了不起的，只能當上沒實權的閒職。

武三思剛去，韋氏子弟立即蜂擁而來，如嗜腥的蒼蠅般，搶佔要職，弄得一片狼藉，其中最重要的，正是韋捷窺伺的右羽林軍大統領之位。

一旦此職落入韋氏子弟之手，宮城三大軍系，三有其二，掌握在韋宗集團手裡。若能以韋氏子弟替換宇文破，李顯將身不由主，虛有皇帝之名，無皇帝之實。

這才是真正的政變。

此無名有實的政變，體現於韋捷攔路毀諭的事件上，令李顯一方，與韋宗集團，攀上鬥爭的銳鋒，再無轉圜餘地。

退此一步，則無死所。

李顯的感慨，不但傷情於武三思的遇害，更是對曾生死與共的愛妻，為了個人和家族利益，視他的君權如無物。

以前韋后的弒夫之心，或許未夠堅決，可是在這一刻，肯定再無一絲猶豫。

李顯沉聲道：「韋捷死罪可免，卻須撤除所有軍職，三個月內，不准踏入宮城半步，如敢違朕之命，當場處決。大統領！」

宇文破應諾道：「臣將在！」

李顯道：「大統領向韋捷傳達朕的口諭，並將之逐離宮城，若仍敢違令，立殺無赦。」

宇文破正要奉旨辦事，李顯又問道：「相王和長公主到了嗎？」

李顯如何爛，畢竟是喝著宮廷奶水長大的人，將龍鷹「開天索價，落地還錢」之計，以有著他風格特色的方法縱情演繹，褫奪韋捷的軍職、軍權，不露絲毫斧鑿之痕。

此時更將兩件事來個無縫銜接，奪權和內廷會間不予韋后迴旋的罅隙，韋、宗兩人想問多句的時間亦不存在。

宇文破道：「相王、長公主剛到，依皇上之命，在養日廳候駕。」

李旦、太平和楊清仁該同時入宮，以交換消息，結果當然是摸不著頭腦。但肯定曉得本一面倒的形勢出現轉機，因五子遭逐的李旦，被李顯不著痕跡的解除軟禁。

李顯喝道：「去！」

宇文破大聲領命。

接著是李顯的聲音道：「娘娘、大相，請！」

龍鷹張開眼睛，大笑。

坐在一側的符太搖頭歎道：「快說！勿賣關子，否則老子宰了你。」

第二章　另一起點

龍鷹從麟德殿主殿旁的石板道，來到正殿外的大廣場，四組車隊和隨駕人員，分佈廣場左右，涇渭分明。

一邊是韋后和宗楚客的車馬隊，另一邊是李旦和太平的，均是人強馬壯，不乏一流好手。

際此非常時期，不論宮內、宮外，沒人敢掉以輕心，時刻處於戒備狀態。這個叛變餘波未了的時刻，京城該嚴禁平民的集結，但禁令當然影響不到韋后、宗楚客，或李旦、太平兩個身份特殊的皇族成員。

皇帝所在處，乃禁地裡的禁地，故此四人的隨員，均不可隨主子進入宮內，形成眼前廣場上熱鬧的情況，然沒人敢喧譁談笑，各自三三兩兩聚在一起低聲說話，氣氛凝重。李顯突然召開內廷會，異乎尋常。

特別是李旦，正被韋后和宗楚客軟禁，不准出相王府半步，現在竟然由皇帝親自解禁，益發使人感到情況並不簡單。

龍鷹甫踏足廣場，立即令人人矚目，廣場上的各路人馬，即使未見過他的「范輕舟」，亦從他的衣著和招牌般的鬍鬚，認出他為誰。

剩是他的自出自入，已令人感到驚訝，大惑不解。

楊清仁正與兩個長公主的隨員閒聊，迎上龍鷹搜索他的目光，告罪後朝龍鷹走過來，笑容親切自然，確有其神采魅力，即使是敵非友，對他又認識頗深，一時仍為他攝人的風範傾倒。

龍鷹隔遠抱拳行江湖禮，道：「小弟向河間王請安！」

楊清仁還禮，來到他身邊，欣然道：「范當家確能人之所不能，甫抵西京，立將似不可逆轉的勢頭，完全扭轉過來。」

龍鷹微笑道：「是否真的如此，還看河間王的能耐！」

楊清仁雙目精光閃現，訝道：「范兄何有此言？」

龍鷹環目掃視，見仍是人人注視，雖因距離遠，他們又自然而然聚音成線，不讓他人旁聽，但在這樣的情況下說密話，總感人多耳雜，並不適宜。

道：「我們隨便走幾步。」
楊清仁皺眉道：「皇上指定要本王在主殿外候命，不大好吧！」
龍鷹笑道：「信我！」
領路走回去。
楊清仁忍不住問道：「范兄曉得皇上何事召我來嗎？」
龍鷹壓低聲音道：「當然清楚，否則不懂來找你老兄。恭喜！恭喜！如無意外，稍後小弟須改稱老兄為右羽林軍大統領哩！」
以楊清仁一貫的冷靜，聞言仍不由雄軀一顫，現出罕有在他身上出現的情緒波動。
他的心情，龍鷹是明白的。
楊清仁以皇族遠房親戚的身份回歸，抵達洛陽立即一鳴驚人，憑其神算助李顯避過「兩大老妖」的刺殺，取得李顯的信任。可是，卻因女帝清楚他楊虛彥後人的身份，雖封其為王，然一直壓制他，不予他參加任何公職的機會，將其投閒置散，聲譽雖高，但只能依附太平，方不致成為閒人。

神龍政變，他在以眾凌寡的優勢下，仍未能擊敗龍鷹，令他的聲勢受重挫，又被顧忌他者如韋后、武三思等全力打壓，比之女帝時期，更有不如。

空有皇族的身份，文才武功，遠在任何李唐子弟之上，卻始終不能打進大唐朝的權力圈子，肯定令他耿耿於懷、鬱鬱不樂。

此時乍聞喜訊，喜出望外，不在話下，且造夢未想過是此堪稱京師內最重要的軍職。

楊清仁一時說不出話來。

龍鷹察覺到他對自己的感激。

自從楊清仁親身「驗證」，他沒懷疑過龍鷹的「范輕舟」，兼之「范輕舟」一直謹守承諾，不洩露他為反賊組織大江聯要員之一，雖然若能幹掉「范輕舟」，他毫不猶豫，但既殺不掉，只好接受現實，來個相安無事。

今趟无瑕遠赴南詔，進一步證實龍鷹還龍鷹，范輕舟還范輕舟，楊清仁對「范輕舟」再無心障，剩下的，是大家如何合作的問題。

於楊清仁這類大奸大惡的人來說，和他說甚麼都沒用，但先是「范輕舟」沒向「龍鷹」洩露楊清仁的身份，眼前又擺明自己之所以能坐上右羽林軍大統領之位，與「范輕舟」有直接關係，過往的「恩恩怨怨」，遂於此刻一筆勾銷。

楊清仁患得患失的道：「怎可能呢？」

龍鷹道：「老兄可知皇上剛撤掉韋捷那小子的所有軍職，且是當著娘娘和老宗面前頒下皇命，此回老宗叫『上得山多終遇虎』，佔盡甜頭後不懂收斂。也是操之過急，不明白將大批蠢人硬捧上各大要職，好討娘娘歡心，本身乃多麼愚蠢的行為。」

兩人離開主殿範圍，沿廊道朝養日廳的方向舉步。

麟德殿內處處站崗、關防，殿與殿間防衛森嚴，如臨大敵似的，正處於最高的警戒狀態。見到「范輕舟」，肅立敬禮，只是這般的場面，足令楊清仁對他刮目相看。

楊清仁道：「我仍不明白。」

他沒再自稱本王，一副大家江湖兄弟的格局。

假設「范輕舟」確如无瑕從「龍鷹」處聽回來般，沒野心，只尋刺激，愛玩命，那楊清仁和「范輕舟」間，壓根兒沒有利益衝突的問題，除非楊清仁要殺人滅口，不過那是「鳥盡弓藏」，當楊清仁坐上帝座後的事。現在再和「范輕舟」過不去，等於和自己過不去。

如龍鷹所料，此著一下子將楊清仁完全絕對地爭取過來，暫時紓緩了給台勒虛雲在旁鷹瞵鶚視的壓力。

且大利追求无瑕。

在龍鷹心底裡，他最大的恐懼非是宗楚客、田上淵，也不是楊清仁、香霸或洞玄子，而是台勒虛雲和无瑕。

楊清仁心情複雜，一則以喜，一則以憂，沉吟道：「這個位子並不易坐。」

龍鷹道：「否則何用出動老兄你？不過，可以放心的是，一天在我們頭上當皇帝的仍是李顯，你的位子便穩如泰山，其他的，就要老兄去爭取，設法換出老宗的人，至於韋氏子弟，多一雙殺一雙，他們永難得到軍方的擁護。他奶奶的，比之武氏子弟，他們遠有不如。」

楊清仁探手搭著他肩膊，湊在他耳邊道：「范兄，清仁真的非常感激，字字真心。」

早在他舉手一刻，龍鷹及時以「橫念」改變體內經脈狀態，避過一劫。騙楊清仁較容易，若被他發覺體內真氣壓根兒非真氣，又提出來和无瑕討論，那龍鷹立即嗚呼哀哉。

穿過被飛騎御衛重重把守的門關，進入養日廳前的小廣場，立在臺階下的宇文朔、符太、宇文破、高力士和三個飛騎御衛副將級以上的將領，目光全往他們投過來。

高力士打恭作揖的迎上來。

兩人止步。

高力士來到兩人身前，以低至微僅可聞的聲音道：「成事哩！只待正式頒旨，現時在爭辯冊立太子的事，非常激烈。」

又向楊清仁恭賀。

不可能的事，終成事實。

經過這麼多年的折騰後，楊清仁心情之暢美痛快，可想而知。

宇文朔、符太等做戲做全套，蜂擁過來。

宵禁令於黃昏前取消，公告全城。
對政治本一竅不通的龍鷹，於今次的「爭權奪位」，顯現出充份的智慧。最關鍵處，乃楊清仁「李唐子弟」的身份。自大唐開國以來，京畿重要的軍職，特別涉及皇帝的安全，多任用皇族成員。至女帝，為改朝換代，將皇族險誅殺殆盡，李顯登位時，幾無可用的宗親。
在這樣的背景下，李顯起用李氏子弟，出任宮內重要軍職，理所當然。像宗楚客般的「外人」，很難反對，只能從人選本身的才智、武功，提供意見。不過，宗楚客既對沒有建樹的韋捷毫無異議，於曾力抗兩大老妖，又和龍鷹決戰校場的楊清仁，惟有悶聲不響。
韋后本是可在此事上作出反對的人，然而毀諭卻使她陷於下風，盡顯其盲目起用韋氏族人，用人惟私的缺點。兼之李旦、太平兩大皇族巨頭助陣，說不到幾句，給李顯拍板決定。
討論得最激烈的是有關冊立太子的事。

事情原本非常簡單，不是李重福，就是李重茂，宗楚客偏以李重俊仍然在逃，李重福、李重茂未知有否參與叛亂為由，請李顯將決定推遲。

宗楚客的話令李旦、太平生出極大反感，皆因感同身受，兩人一被軟禁，一被壓迫，都非常不好過，於極無奈下瞧著韋宗集團肆無忌憚的清洗軍內的李氏子弟，現在更將事發時不在京的李重福、李重茂捲進叛亂裡，大動肝火。

爭議正是環繞著太子的冊立進行。

韋后在韋捷一事上痛失一著，大大影響她掌權大計，痛定思痛下，在太子之事上再不退讓。更何況她有立安樂為「皇太女」的心。

「皇太女」此一可能性，在洛陽爭奪太子之位時初現蹤影，那時朝臣多視之為妄念，皆因前未有之。雖然，「女帝」的出現，早打破一切成規。

於韋后而言，假設得李顯點頭，冒天下之大不韙，立安樂為「皇太女」，等於她自己有半邊屁股坐到龍座上去，「皇太女」正是為她的「第二代女帝」鋪築直登龍座的坦途。李顯若去，一直垂簾聽政的韋后，順理成章替代夫君。

李顯則採「范輕舟」之策，在右羽林軍大統領一事上手硬，對冊立太子之事上手軟，以免在陣腳未穩前，遭韋宗集團反撲。

太子之事，在這樣的爭議下，暫且不了了之。

龍鷹、符太、宇文朔三人並騎離開大明宮。後者於政變後，首次回家。在宮城、皇城，不宜於馬上交談，故三人縱騎而馳，出朱雀門，乾舜恭候多時，四人遂在附近找了間食館，吃晚膳，順道為龍鷹洗塵，慶賀初戰得利。

一邊吃，宇文朔一邊向乾舜解釋新的形勢。

食館頗具規模，分上、下兩層，上層有包廂雅座，可眺望漕渠和皇城的景色，乃適合說密話的地方。

龍鷹專心一意的大快朵頤，只要可吃進肚內的，都讚不絕口，皆因餓了多天。今早獨孤倩然招呼他的糕點，只是杯水車薪。

符太則心不在焉，不知是否在想柔夫人？

宇文朔總結道：「假若娘娘和宗楚客確有藉叛變架空皇上之計，目前已受嚴重挫折，然而今趟皇上表現脫胎換骨，將招他們顧忌，吉凶難料。」

符太聞言不經意的應道：「是有凶無吉。」

他是李顯的貼身太醫，又清楚混毒之術，仍這般的說，可知李顯定無倖免。

混毒最厲害處，是不知對方在李顯身上下過甚麼手腳，茫不知在何種情況下，被引發「毒苗」，殺人於無影無形，事後沒法追究。

當年李重潤和永泰公主，就是如此不明不白的毒發身亡，不過下手的是洞玄子，今次則為田上淵。

龍鷹放下筷子，摸肚，還伸個懶腰，歎道：「好美滿呵！」

符太哂道：「這傢伙似不知我們在說甚麼？」

龍鷹瞄他一眼，道：「『閻王注定三更死，不留人至五更天』，李顯對妻女縱容姑息，令她們的權力不住膨脹，野心一天大過一天，是自取其咎，怪不得任何人。」

稍頓，續道：「他奶奶的！我現在學懂了，你可以不沾手政治，沾手的話，須變得鐵石心腸、刀槍不入，戒絕婦人之仁。所有作為，均朝向最後的目標，就像在戰場上。」

宇文朔苦笑道：「我亦是為我們的『長遠之計』著想，現時我們唯一的倚仗，惟只皇上，見他振作起來，當然希望他可撐多點時日。」

龍鷹道：「此為我們的當務之急，且須設法延長他的龍命，能延長多久，便多久。」

乾舜皺眉道：「除非將伺候皇上的人，全換上我們可信賴的人，否則防無可防。」

符太滿不在乎的哂道：「誰是我們可信賴者？」

宇文朔歎道：「此正為問題所在。」

眾人目光落在龍鷹處。

龍鷹剛喝光一碗湯，見人人瞧著他，道：「又是『設身處地』的那一招，甚麼時機，方為韋、宗兩人出手的最佳一刻？」

符太動容道：「對！技術就在這裡。」

宇文朔思索道：「倘若右羽林軍大統領之位，如他們預期般，由韋捷坐上去，那再換掉宇文破，篡朝奪位的條件將告成熟，現時顯非如此。」

乾舜點頭道：「兵權在誰手上，由那一方話事。」

符太大樂道：「那是否在鬥倒楊清仁前，韋婆娘仍不敢害死丈夫？哈！他們將發覺老楊是最難啃下去的硬骨頭。」

龍鷹道：「萬勿輕敵，老宗、老田都不是善男信女，又須謹記，治權、兵權，均操於他們之手，加上皇上勢弱，兼長年不理政務，主事權全落在權臣之手。不到我們管，不到我們理。」

再加一句，道：「不能由上而下，可由下而上。我們不須擔心韋氏子弟，因全為無能之輩，須擔心的是老宗和老田的人，夜來深填補陸大哥東少尹的空缺，等於半邊京城給老宗控制了。」

符太淡淡道：「另半邊由韋婆娘控制，西少尹是武延秀那混蛋。」

龍鷹失聲道：「甚麼？」

符太道：「有何好大驚小怪的！武延秀的隨風擺柳，早有前科。對武氏族人之死，他不聞不問，全面投向韋婆娘，與安樂則如膠似漆。聽說，安樂將在短期內嫁他。」

龍鷹愕然道：「武崇訓屍骨未寒，是不是快了些兒？」

乾舜不屑道：「安樂怎會理得這麼多。」

宇文朔道：「安樂在當『皇太女』一事上始終死心不息，竟入稟皇上，要將武崇訓之墓號為『陵』，只因朝臣大力反對，她才不敢堅持。唉！」

龍鷹道：「今天的討論，到此為止，大家回去好好睡一覺，明天的事，明天再想。」

符太訝道：「你不是隨我返興慶宮嗎？」

龍鷹長身而起，道：「今晚是否到你的金花落，言之尚早也。」

說畢灑然去了。

第三章　昨日今天

北里。

刻下的西京，沒一處地方，更能體現解除宵禁令的影響。

那是一切重新開始的景況。

不論青樓、賭坊、押店、食肆，各式店鋪，都是驀然驚醒的模樣，紛紛張羅，如從沉睡裡甦醒過來，另有一番平時看不到的忙亂擾攘。

被限制的各路風月常客，壓抑如崩堤洪水，再不受控，從四面八方蜂擁而來。

龍鷹算是早到者，可是尚未抵因如坊的入口，主大街已車水馬龍，人流摩肩接踵，喧鬧震天。

隨著逐樓逐鋪的燃亮招徠的燈籠，北里回復喜氣生機，那種感覺，令人心內似燒起一把火，格外興奮。不只是趁熱鬧，且是在抑制多時下的宣洩，也是續夢。

政變頓成明日黃花，於一般老百姓來說，那晚發生的事，影響的是與他們沒絲毫關係的權貴，過去了就是過去了，不留痕跡。

離因如坊大門尚距三十多步，隔遠瞧到夜來深正和弓謀在大門外說話，附近還有十多個官差，監視遠近，顯然是榮任東少尹夜來深的隨從。

從夜來深聯想到武延秀，記起上趟在西京，夜來深和武延秀偕他和香怪到秦淮樓的舊事，當時怎想得到，兩人會瓜分陸石夫的職權，成東、西少尹。

不知武延秀生就怎麼樣的一副命？這輩子總須倚仗別人，身不由己，搖風擺柳。他快樂嗎？一個須不斷做違背本性的事者，不可能快樂起來。武延秀曾親口告訴他，到青樓鬼混，是一種開脫。現在武延秀清楚曉得族人死得不明不白，他不但不敢吭一聲，還要投靠仇人，愈是奴顏婢膝，愈可保住權勢地位，這樣的富貴，不要也罷，偏他可甘之如飴，且從來如此。於龍鷹言之，確怎都沒法明白他。

夜來深看到他了，雙目先爆起精芒，旋又斂去，換上笑臉，還舉手隔遠向他打招呼，如像見到闊別多年的親兄弟。

背著他的弓謀，自然而然別頭來望，瞧瞧誰人可令位高權重的夜來深熱情如火，「范輕舟」的形象赫然映入他眼簾內，頓然雙目生輝。

這般的一個照面，見微知著，龍鷹曉得夜來深不單清楚西京剛發生的人事大變，並清楚老奸巨猾的宗楚客，調整了對「范輕舟」的策略，向夜來深下達最新的指令。

變化來自宗楚客與田上淵大不如前的新關係，當宗楚客知道田上淵另有圖謀，表面雖詐作不相信、不計較，暗裡卻在做諸般準備，處處防田上淵一手。與田上淵的勁敵「范輕舟」秘密結盟，乃最佳的選擇，隨時可和「范輕舟」聯手，將田上淵的北幫打個落花流水，如「范輕舟」肯聽教聽話，更可以「范輕舟」取代田上淵。

在宗楚客眼裡，「范輕舟」是個投機的江湖客，既可為武三思所用，當然亦可被收買為其羽翼。

精采處，是須瞞著田上淵進行，因老田到今天於宗楚客仍有非常大的利用價值，沒人可替代。然狡兔死，走狗烹，田上淵失去利用價值的一天，就是宗楚客棄之如敝屣之時，那便是「范輕舟」起作用的日子。

夜來深迎過來，弓謀跟在後面。

龍鷹嚷道：「恭喜！恭喜！恭喜夜兄陞官發財，官運亨通。」

夜來深趨前握著龍鷹雙手，啞然笑道：「想不到范兄會說這種話，現時在京城，當官真不容易。我是在推無可推下，不得不勉為其難。唉！再不像以前的自由自在哩！」

又要介紹弓謀，弓謀道：「和范爺見過多次了。」

為免阻礙行人，三人移到行人道邊的車馬道說話。

兩人說話，弓謀只有聽的份兒。而有他在，兩人不便說甚麼「知心話」。

夜來深躊躇滿志的道：「公務纏身，又是剛解除宵禁，今晚可睡上一個、半個時辰，已非常理想。這樣吧！明天黃昏，范兄有空嗎？」

龍鷹知絕不可說不，否則就是錯失良機，道：「夜兄這麼給小弟面子，有事也推了，大家在哪裡碰頭？」

夜來深道：「讓我來接范當家！」

拍拍他肩頭，向弓謀打個招呼後，橫過車馬道去了。

龍鷹苦笑搖頭，和弓謀說道：「看！根本不用問我在何處落腳，擺明全城都是他們的探子，沒人可瞞過他們耳目。」

弓謀道：「他是故意到這裡候范爺，十多人策馬馳來，我還以為是甚麼事。」

又問道：「范爺要到因如坊去嗎？」

龍鷹與他並肩舉步，傳音道：「我要找香霸。你是否清楚西京最新的變化？」

弓謀道：「像大多數人，不明白為何宵禁令解除得這麼急。到現在見到范爺，才大概明白是怎麼一回事。」

龍鷹扼要地解釋一番，尚未有機會說及楊清仁，兩人隨人流擁進因如坊的大門。

龍鷹咋舌道：「竟然這麼多人？」

弓謀歎道：「賭加嫖，誰能與之爭鋒，現時除秦淮樓外，其他青樓都給比下去，春在樓的生意跌了三成。」

春在樓位於秦淮樓對面，兩家青樓競爭激烈。

以水準論，湘夫人訓練出來的媚女，遠非一般青樓姑娘可以比擬。不由想起秋靈、紫芝，也因而想起天竺美女玲莎，自己便曾著過她的道兒，不過，自洛陽武攸宜水上遇刺後，再沒她的消息。

像玲莎般的出眾美女，又精通媚術，香霸絕不會放著不用，但怎樣利用她，卻非龍鷹可以猜估。就像柳宛真，她纏上陶顯揚前，龍鷹根本不曉得有這麼的一個美人兒，連桂有為也怕看她的眼睛。

弓謀領路下，他們離開鬧哄哄的大小賭廳，朝內院走去。

弓謀約束聲音道：「范爺務要見宋先生一面，他有關於嶺南的重要消息。」

龍鷹放下心事，因證明宋言志沒被酒色侵蝕壯志。道：「明晚吧！我去尋他比較穩妥。」

弓謀說出宋言志目下的居所。然後道：「武三思被宗楚客幹掉，對香霸是沉重的打擊，且不知宗楚客對他的態度，會否視他為武三思的人。」

龍鷹道：「宗楚客何來理會他的閒情，他奶奶的！楊清仁當上右羽林軍大統領哩！」

弓謀恍然道：「難怪剛才香霸忽然春風滿面，心情大佳，原來收到好消息。」旋又眉頭大皺，道：「怎可能呢？」

龍鷹解釋後，弓謀叫絕道：「此計惟范爺可想出來。宋先生也說，想對付香霸，若不先拔除他在嶺南的根，一切均屬徒勞。」

說話時，進入閒人莫入的內院，上次見香霸全楠木結構的水榭，映入眼簾。

水榭，平臺。

兩人在臨池的桌子坐好，伺茶的婢子退走後，龍鷹開門見山道：「我要見小可汗！」

香霸朝他瞧來，看得很用心，目光銳利，卻似屬欣賞而非審視，好半晌後，點頭歎道：「輕舟是怎辦到的？」

目光又投往人工湖，緩緩道：「輕舟想不見小可汗也不成，他會在這兩天內來找你說話。至於何時何地，惟他自己清楚。」

接著不勝欷歔的道：「唉！大相走哩！和輕舟不用說假話，我雖然一直在利用他，但大家確有一番往來和交情，令人惋惜。」

說這番話時，以龍鷹的敏銳，亦無法找到他言不由衷的破綻或瑕疵，或許此時龍鷹看到的，是這個人口販賣的罪魁禍首真性情的一面，當然也可以因他虛偽功夫到家，能瞞過龍鷹。

從第一次接觸，至眼前此刻，無論在背後香霸如何一心置他於死，可是面對面，龍鷹總沒法對他生出仇恨厭惡之心，可見此人的非凡魅力。

他擺出實事求是，生意人、大商賈的姿態，然而即使是青樓、賭場般遊走於非法和合法界線，又不時越界的行業，落在他手上，仍充滿工藝精品的味兒。

論斂藏的功夫，香霸比之大江聯其他領袖，只高不低。如非他信錯了宋言志，是無隙可尋。

香霸也另有盤算，就是不論楊清仁成或敗，一旦在中土取得立足的據點，他香家便可發揚光大下去。故此於策略上，走的是另一條路線。

見到宋言志，深藏迷霧內的真相，將顯露在龍鷹眼下。

香霸道：「輕舟仍有幹鹽貨買賣的興致否？」

龍鷹沒想過他「三句不離本行」，剛哀悼武三思的遇難，又舊事重提，說生意經。訝道：「在現時不明朗的局勢下，宜靜不宜動。想不到榮老闆仍有此閒情？」

香霸究竟有否收到有關塞外情況的最新消息？在走私鹽上，隨欽沒的敗亡和崩潰，該出現供其他鹽梟介入的空隙，取而代之，如果香霸在塞外有這麼的一個人，例如那個叫樂老大的香家子弟，後來因身份被符太揭發，索性放棄洛陽的翠翹樓，賣予武三思和香霸，來個移花接木，換湯不換藥。樂老大確有乘虛而入的良機，假設花魯沒被自己宰掉，還可以將欽沒的非法買賣接收過去。

香霸悠然道：「不同的情況，有不同的做法，事在人為。唉！我想靜下來也不成，武延秀那沒腰骨的小子，前天一副尋晦氣的樣子來找我，限我在十天內交出翠翹樓和因如坊兩盤數出來，以斷定他武家可佔多少份額。還有武家嗎？」

本該令他非常為難的事，可是香霸說得輕輕鬆鬆，輕描淡寫，似壓根兒不放在心上。

武延秀甚麼料子，龍鷹清楚，竟於武三思屍骨未寒之時，來逼香霸交代武三思對因如坊、翠翹樓的份額，必有所恃，且非是討錢般簡單，而是要將香霸逼離西京。殺武三思是第一步，第二步就是要清除屬武三思系一方的人馬。

香霸雖沒給對方找到把柄，可證實他屬大江聯的人，然而他的冒起來得突然，被人懷疑是合理的。武延秀來找香霸晦氣，後面是韋宗集團排斥異己的計劃。

這麼看，成為天下道門之首的洞玄子，生活絕不好過。

牽一髮，動全身。

大江聯將所有注碼，重押在武三思身上，怎想到可一鋪清袋。

保護武三思的高手裡，最高明的幾個，該為大江聯或與其有關係的高手，仍保不住武三思的奸命。不過，北幫亦因而傷亡慘重。

想到這裡，心中一動。

對田上淵落井下石，此其時也。

奇道：「榮老闆似一點不在乎？」

香霸笑道：「昨天仍頭痛得要命，今天再不當是一回事。」

接著冷哼道：「將翠翹樓送他又如何？看他如何打理？」

龍鷹心忖今天和昨天的分別，就是李顯是病貓還是跳牆猛虎的分別，韋宗集團再難隻手遮天。

又吁一口氣道：「我應付的辦法，就是一個『拖』字，可拖多久便多久，看宗楚客可奈我甚麼何？」

然後雙目熠熠生輝，看著龍鷹道：「老弟該不會坐看老哥的因如坊給人吞掉吧！」

香霸高明處，在乎試探他卻不露形跡，並以此秤「范輕舟」的斤兩，看他在現時曖昧難明的京城形勢下，影響力可以有多大。

即使是直接受惠的楊清仁，曉得必是「范輕舟」將他捧上右羽林軍大統領之位，但仍不明白他怎辦得到。

龍鷹反守為攻，問道：「榮老闆竟沒想過投靠宗楚客？」

香霸道：「想有屁用。宗楚客從來不信任我，亦不需要我。這老奸巨猾在用人上有他的一套，且永遠將實力隱藏起來，使人沒法摸得著他的底兒。」

龍鷹道：「美人計又如何？」

美人兒乃大江聯最厲害的法寶，無往而不利。武三思這般快和香霸狼狽為奸，媚女們肯定在這方面出過大力。大相府雞犬不留，不知多少媚女因而「壯烈犧牲」。

想想也使人大感可惜。

龍鷹更不敢想下去，說不定犧牲的，有他認識的媚女在其中。

香霸沒直接答他，反道：「聽說宗楚客已取武三思之位代之，與韋后有一手。」

龍鷹歎道：「難怪兩方結合得這麼好。」

香霸對他的語帶雙關，啞然失笑，坦然道：「老弟今趟來得及時。」又道：「在京師，輕舟可視因如坊為另一個家，隨時可回來避靜散心，一切悉隨輕舟的意願。」

龍鷹多次領教他籠絡人的手段，而其弦外之音，似對他的「范輕舟」再沒提防，視他為自己人，至乎暗示，要誰陪他都可以，包括沈香雪在內。

真的如此？

肯定不是，對付「范輕舟」的美人計，由无瑕全攬過去，只她有「擊敗」他的資格。

香霸擺出知心好友的情狀，壓低聲音道：「老弟比我更有女人緣。」

龍鷹失聲道：「老闆說笑？你的女人緣肯定在我十倍、百倍之上。」

香霸頹然道：「若你得不到最想要的女人，所有女人都陪你又如何？」

又勉強振起精神道：「像隔鄰秦淮樓的紀夢，聽說對你很有意思，剩賣你一個人的帳，羨煞了包括老哥在內西京所有男人。」

龍鷹苦笑道：「這樣的女人緣，不要也罷，小弟無福消受。」

香霸訝道：「換過是我，刀架脖子也要和紀夢真箇銷魂，老弟顯然沒這方面的問題，亦不怕招人嫉忌，怎按捺得住？」

龍鷹心底大懍。

男人的問題，是在說女人時往往失去戒心，距離拉近下，真心話衝口而出，像剛才有關紀夢的「惋惜」。

對！

於「范輕舟」，確沒顧忌，但於「龍鷹」，顧忌成籮成筐，因在旁眈眈虎視者，有閔天女和上官婉兒，「女人心，海底針」，誰都不曉得若「范輕舟」拈花惹草，帶來怎麼樣的後果。

何況還多了個今晚須夜探她香閨的獨孤倩然。

如何回答，香霸方肯收貨？

第四章　解禁之夜

龍鷹雙目精芒閃閃，冷冷道：「問題就在小弟一生玩命成性，而能玩命的首要條件，就是肆無忌憚，不可以有後顧之憂。榮老闆你來告訴小弟，若你要對付我，可從何處入手？」

香霸幾啞口無言。

他也是最有資格回答龍鷹的人之一，因直至飛馬牧場，大江聯仍一心要殺龍鷹的「范輕舟」，卻是始終差那麼的一點點。

在他們眼裡，「范輕舟」若如一個影子，縹緲如神，無隙可尋。

香霸滿懷感觸的歎道：「看來老弟表面雖然威風八面，卻如我般『家家有本難唸的經』，是另一種的不圓滿。」

龍鷹故作驚訝的道：「榮老闆竟是認真的，令小弟百思不得其解，怎可能呢？」

他當然明白香霸的不圓滿，是因得不到柔夫人有感而發，更不圓滿處，是被符小子橫刀奪愛，佔據了柔夫人的芳心。

然而不得不問，沒反應恰是反應的一種，會使香霸對他的毫不奇怪，生出疑心。

觸及香霸心事，他一雙銳目現出龍鷹從未在他處看見過的黯然神色，道：「或許圓滿從來沒存在過，不論如何春風得意的人生，總是有那麼一點點的不完美，使人引以為憾，至乎將圓滿徹底破壞。」

接著朝他瞧來，道：「如我們捫心自問，坦誠地面對自己，我們要的，是遇上的每個美女，只恨到天下美女任你予取予攜時，唾手可得變成索然無味。這就是圓滿的本質，就是永不圓滿。」

龍鷹自認識香霸以來，尚為首次和他在談論的話題上離開「生意」。顯然香霸再不像以前般對他有戒心，也令他碰觸香霸深藏的另一面。

香霸確該有憾，問題出在他的人身上。他要得到女人的身體，勾勾指頭便成，卻很難真的得到美人兒的心，因他從不真心待她們。諷刺的是，唯一可令他付出真情的美女，偏不愛他。

龍鷹急著走，打圓場道：「呵！看來我們是各看各好，骨子裡如榮老闆說的，『家家有本難唸的經』。哈……」長身而起。

香霸陪他站起來，回復從容，欣然道：「人說『一入侯門深似海』，因如坊於老弟來說差不了多少，你以為可說走便走？」

龍鷹當然明白他意何所指，苦笑道：「不知者被你嚇死，以為有埋伏。」

香霸攙著他手臂，返回水榭。

果如所料，奉師父湘夫人之命來的嬌俏美婢，在榭廳候駕，要接收龍鷹時，香霸打手勢阻止，逕自送他出門，還陪他朝後院外門的方向舉步。

龍鷹道謝道：「榮老闆很夠朋友。」

香霸欣然道：「比起你幫我的大忙，小意思之至。」

接下去道：「香雪到了關西採購建築物料，我本想召她回來為老弟解悶，可是聽老弟剛才那般說，立即打消念頭。」

龍鷹曉得香霸說的並非真心話，但總算對沈香雪有個交代，不用像有未解決的問題橫亙在他們之間。

龍鷹裝出曾經滄海難為水的模樣，道：「坦白說，小弟非是沒愛過，更恨過，有些事悔不當初。近十年來，抱著逢場作戲的態度，不知多麼寫意自然。對哩！究竟小弟在甚麼地方幫了老兄的大忙？」

今趟來因如坊見香霸之行，最大收穫，乃驚覺自己在扮演「范輕舟」上，鬆弛散漫，不時現出破綻漏洞，形成危機。在打後一段很長的日子，他是「范輕舟」而非「龍鷹」，為了他的「長遠之計」，必須提高警覺，全神投進「范輕舟」的角色去。

這也是千黛的真傳心法。

香霸的聲音在他耳鼓內冷哼道：「宗、田兩人在找替死鬼，想誣毀我是殺大相的兇手。」

龍鷹為之愕然，道：「怎可能？」

香霸歎道：「皇上昏庸，權臣當道，冤枉一個半個人，不費吹灰之力。他們不單要向皇上交代，還須向韋后交代。而我則榮登替死鬼的最佳候選人，動機、實力一應俱存。宗楚客那個奸賊只須找個昏君和惡后均不懷疑的人指證我，自可水到渠成，拿我去頂罪，順便沒收我在西京、洛陽兩地的物業財產。有財富可供他們瓜分，誰有異議？」

龍鷹不解道：「老兄剛才不是說武延秀來和你算帳？若一意誣告，豈非多此一舉？」

香霸歎道：「老弟仍不明白？武延秀查帳查出事時，可順理成章指證我，在這個白可說是黑，黑可為白的時代，為王為相者亦可中箭下馬，何況我這麼一個只能依附權貴的生意人。所以我是衷心感謝老弟，形勢突變下，宗楚客再難隻手遮天。」

兩人來到後大門前，止步說話。

龍鷹點頭道：「這麼看，宗、田該認定老兄屬大江聯的人。」

香霸道：「懷疑是應該的，一來我是由南方到北方來，二來冒起太快，凡此無不啟人疑竇，然最大的問題，仍然在我從哪裡得到源源不絕的美女，連我自己亦說不過去。哈！」

龍鷹壓低聲音道：「小弟也弄不清楚。」

香霸伸手搭上他肩頭，道：「說出來老弟或認為我在巧辯，事實則是在惡舉裡行善。老弟比其他人清楚，早在洞庭湖時，我已準備十足，從各處的販子高價購入大批各地美女，予以訓練，使她們有一技之長，賺夠贖身錢，可回復自由身。老弟有眼看的，我旗下的美女，有哪個是對人歡笑背人愁的。這就是我一貫做生意的手法。局勢平靜後，我們再看可如何正正當當的合作做大買賣，為中土的繁榮幹利己利人的事。」

龍鷹心忖他方是黑可說成白的人，有甚麼好說的，在香霸殷勤送客下，從一道隱蔽的後門開溜。

回到不夜天的北里，人流車馬更多了，如久被壓抑的洪流，從狼寨的蓄洪池爆發出來，大有醉生夢死的滋味，一切再不由平常的自己主事。

走不到十多步，一人橫衝過來，差些兒撞入懷裡。

此時龍鷹正思索宗、田兩人，竟想出如此凌厲手段，來個連消帶打，一併拔掉香霸這顆眼中刺。當人們開始懷疑武三思大相府的滅門案，是否叛兵所為的時候，由武延秀誣告香霸，然後宗楚客趁全城給緊密控制手上的一刻，對香霸來個先斬後奏，死無對證下，任宗楚客羅織罪名，便可對李顯、韋后都有圓滿的交代。

此著確厲害至極。

今次自己適逢其會，不但化解了香霸的臨頭大禍，又令台勒虛雲的造皇大計邁開了無可比擬的一步，楊清仁夢寐以求的鴻圖霸業得以開展。

他奶奶的！

自己有沒有行錯棋？

命運一向如斯，是令你沒別的選擇。憑他們區區幾個人，加上握有飛騎御衛軍權的宇文破，又得李顯撐腰，若不能爭得右羽林軍大統領之位，大明宮外便是敵人勢力範圍，這樣的仗如何打？早晚是逐一被幹掉的下場。

可是，如右羽林軍大統領之位是在己方人馬之手，飛騎御衛加上右羽林軍，頓然形成可跟左羽林軍和城衛分庭抗禮之勢，達致新的軍力平衡。

一天保持這個勢頭，宗楚客一天不敢輕舉妄動。

撤掉宵禁令，西京回復正常，名義上兵權握於韋溫這個新紮的兵部尚書之手，但限於經驗年資，韋后多麼支持他亦沒用，弱勢就是弱勢，軍隊始終由各大軍系的大頭子牢控在手。且韋溫陣腳未穩，位高勢危，必小心翼翼，不敢大膽冒進。

正是在這種情況下，徘徊在危崖邊緣的香霸，轉危為安。

龍鷹從沉思裡驚醒過來，給來人牽著衣袖，轉左進入一道里巷。

長巷人往人來。

男裝打扮的无瑕別過頭來，送他一個甜蜜親切的笑容，傳音道：「人家帶你去見小可汗。」

消息竟可傳得這麼快，該非由香霸送出，而是台勒虛雲要見他。

可想像楊清仁得授重任，雖忙個昏天暗地，仍以他的方式，將喜訊傳出來，故此龍鷹抵因如坊前，香霸已久旱逢甘露，喜形於色，還與龍鷹的「范輕舟」大談心事，顯然處於非常的狀態下。

由於此事關係重大，台勒虛雲和无瑕兩大巨頭，立即聚首商議，既看如何配合楊清仁，也想到最關鍵的人物，是龍鷹的「范輕舟」。

遂由无瑕出馬，在因如坊外截著他，領他去見台勒虛雲。

无瑕說畢，展開腳法，如游魚般在人流裡前進，看似從容緩慢，速度至少比一般人快上二、三倍。

龍鷹緊跟其後。

西京長安的景色隨他們的腳步不住變化，下一刻他們已在永安渠西岸，平時本該是遠離繁囂之處，此時卻像朱雀大街般興旺，附近里坊的人們，扶老攜幼的出來趁解除宵禁令的熱鬧，看到大人們臉上的歡笑，孩子們的雀躍興奮、嬉笑鬧玩，本平常不過的逛夜街，變為盛事。

整座都城燈火燭天，人流處處，以行動來慶祝解禁，至於是否少去個太子，肯定沒多少人放在心上，既顯示李重俊得不到人民的擁戴支持，也表示李顯皇朝與人民的疏離。

當年女帝出巡，民眾夾道忘情歡呼的熱烈情景，恐難復見。

龍鷹心有所感，卻知絕不可「熱血沸騰」，給前面的「玉女宗」首席玉女窺見，會心生異樣，認識到玩命郎真正的一面。

李顯本身並非暴君，且重情重義，問題出在他對妻女、寵臣的過度縱容，令韋后、武三思把持朝政，安樂和長寧兩公主恃寵生嬌，以墨敕賣官，得來的賄金廣建宅第山莊，窮奢極欲，將女帝當年廉潔之風，敗壞無遺，惹得其他公主和貴夫人，群起競效。

尤有甚者，是安樂倚仗韋后，一直想取代皇太子之位而成為皇太女，對李重俊既輕蔑又憤恨，皇廷因而永無寧日，亦讓宗楚客、田上淵有可乘之隙，李重俊則是慘中敵人奸計，過程雖尚未弄清楚，須待看過懷內的《西京下篇》。

離開北里後，他們沿漕渠西行，抵西市前折南，漫步永安渠西濱。

依道理，台勒虛雲不會住這麼遠，而該在北里附近，好與作為大本營的因如坊有個照應。无瑕究竟要帶他到哪裡去？

從北里到這裡來，可非短的路途，以他們快常人逾倍的腳程，也花了一刻多鐘，現時離二更天，不到兩刻鐘。

无瑕忽然右轉，進入兩個里坊間次一級的街道。

人流驟減。

无瑕放緩步伐，讓他趕上去並肩而行。

无瑕別頭過來朝他嫣然一笑，神態輕盈寫意。

兩人交換個眼神。

因著剛才差些向香霸洩露玄機的前車之鑑，龍鷹格外警惕，不容自己在眼神這些微細的小節上露出破綻，被无瑕窺破。

无瑕的聲音，如訴說枕邊絮語般，和風似的吹進他耳內去，道：「感覺很古怪，上一刻還在成都，這一刻卻在西京，中間像沒發生過任何事。」

龍鷹笑問道：「這是否代表瑕大姐對小弟已是情根深種？除了與小弟相處的時刻外，其他的時間都漫不經意，不留任何印象，所做的事，比起與小弟見面，盡為無關痛癢。」

无瑕「噗哧」嬌笑，白他一眼，神態嫵媚可愛，竟還帶著少女天真的味兒，教人不知她如何辦得到。

比之老到美女如閔玄清、上官婉兒又或太平，无瑕總多出她們沒有的少女風情，固然因年紀比她們年輕一截，更大的原因，該來自她的心境，也屬她如鬼魅般難測的芳心。

龍鷹逼問道：「小弟有否自作多情？」

无瑕微聳香肩，無可無不可的道：「一半一半吧！較正確點說，是你到西京後翻雲覆雨的手段，將其他事全比下去，變得微不足道。范當家從來都教人驚異，現在更立下輝煌戰功，難怪令韋氏子弟嫉忌如狂，也因而墜進玩命郎大哥精心設計的陷阱裡去，精采呵！」

龍鷹隨她腳步朝城西南的方向走，茫不知无瑕欲領他到何處去，那個不知到甚麼地方的感覺很棒。

微笑道：「誇獎小弟有屁用，范某人從來往實際處看，大姐起碼賞小弟一個香吻。」

无瑕沒好氣的道：「小妹在三門峽救你的小命又如何？頂多兩下扯平，誰都不欠誰。想領賞，再立個大功給小妹看看。」

龍鷹哂道：「情網之內，何來斤斤計較、討價還價，大姐再這般吝嗇，勿怪小弟揮利劍、斬情絲，來個一拍兩散，免受單思之苦。」

无瑕笑得嬌喘連連，笑臉如花，道：「虧你說得出口，愛是一盤生意嗎？剛才在北里，看你見到人家時的神情，肯定在那一刻方記起有我這個人，現在又要生要死的，笑壞人家哩！」

談談笑笑，路途在腳下飛快消逝，南城牆在望。

无瑕折東而行。

龍鷹心忖豈非在遊城？

際此接近二更的當兒，出來湊熱鬧的平民百姓，紛紛返里坊內的家去，行人爭道的狀況再不復見。

今晚還要赴獨孤倩然深閨之約，如給无瑕纏著不放，後果難料。

无瑕的吸引力，當然不在高門絕色之下，不過，可肯定的，是沒法沾上无瑕半點邊兒，獨孤倩然則擺出任君採摘的誘人姿態。或許只是龍鷹的錯覺，但怎都比絕不令他有半分錯覺的玉女，實在多了。

忍不住問道：「不是去見小可汗？」

无瑕嗔道：「不是有人家陪你，其他事再不重要？走多點路的耐性都沒有。」

龍鷹奇道：「大姐何時變得這般小心眼？又是你說領我去見小可汗的。」

无瑕理直氣壯的道：「人家是在情網裡嘛！自然與以前有別。蠢蛋！」

龍鷹被她以己之矛，攻己之盾，為之氣結，一時說不出話來。

兩人越過跨渠石橋，回到永安渠東岸。

偉大的都城，夜闌人靜。

更鼓聲從安化門的鐘鼓樓傳來。

无瑕停下腳步，移轉嬌軀，挺起玲瓏有致的胸脯，面向他，脊骨挺得筆直，自然而然帶著舞蹈般優美驕傲的體態，雙手負後，含笑悠然道：「范當家的來臨，催生了一個殺人小組，此小組的頭子，正是范當家的死對頭田上淵。」

龍鷹壓根兒不理她在說甚麼，俯前吻往她鮮潤的紅唇。

第五章　帝后之吻

无瑕似被大風捲起的落葉般，飄往深黑的夜空，笑語像一陣清脆的風鈴聲送回來，傳入龍鷹耳內道：「勿看今夜全城一團高興，喜氣洋洋，內裡殺機暗藏，針對的正是你這個『窮風流，餓快活』的玩命郎。」

龍鷹哈哈一笑，傳音過去，同時展開身法，追往登上一座民居瓦頂的首席玉女，道：「大姐把小弟當作第一天到江湖來混的嗎？」

在他落下前，无瑕一道魅影般投往里坊內另一座民居屋頂去，沒好氣道：「管你混了千年、萬年，該聽過陰溝裡也會翻船吧？」

踏足瓦脊的一刻，龍鷹晉入了與平常有別的夜行人天地，如登上另一個層次的西京城，是屬於懂飛簷走壁有本領的江湖人，高來高去，在平民百姓的思感之外。

夜風拂至，縱目四顧，盡是重重疊疊的屋舍瓦頂，密佈於茂林修竹之間，又或倚河而立，秩序井然，盡顯都城的規劃規模。

一追一逐。

眨幾眼間，兩人從一個里坊來到另一個里坊。

龍鷹精準地將聲音朝美人兒優美的背影送過去，笑嘻嘻的道：「溝內行舟，剩得一招，叫因事制宜，隨機應變。順便提醒大姐幾句，避得一時，避不得一輩子，是小弟的，最後都是小弟的。范某人打定主意，愛抱便抱，要親嘴便親嘴，看大姐可躲多久。」

无瑕「哎喲」一聲，嬌笑連連，一副不把他的威脅放在眼裡的嬌憨模樣。

龍鷹追在她保持五、六丈距離的香背後，不由心中佩服，伊人沒別過頭來說話，仍可將聲音準確無誤地送回來，字字入耳，可見她的「玉女心功」，已臻出神入化、隨心所欲之境。

如此逢屋過屋，所經處是尋常百姓家家戶戶溫暖的居所，他們卻在夜行人幽秘的天地打情罵俏，這樣的滋味，令人心裡填滿難以言喻的曼妙感覺。

无瑕朝東大寺的方向掠去，鳥飛魚落，若如在剛攀上中天的半闕明月下，從仙界闖入凡間，滿城狂舞的美麗精靈。

直到此刻，龍鷹仍摸不著她今夜來找自己的緣由，是否真的領他去見台勒虛雲？心中叫苦，給她這麼的纏著，又不知給纏到何時，光陰一點一滴的消逝，豈非破壞了「夜探香閨」的大事。

无瑕所採路線，避開了城內鐘樓、鼓樓的城衛崗哨，躥高伏低，即使給位處高樓的衛士瞧見，還以為眼花看錯。

他們憑甚麼曉得田上淵「殺人小組」的秘密行動？

過去了的美好時光，重現眼前。

兩人並肩坐在東大寺主殿的殿脊處，除長風溫柔輕巧的吹拂聲，天地寂默。

北里在處仍燈火燭天，都城其他部分沉睡過去，烏燈暗火。

上一趟和无瑕在這裡密會，與今天的心情截然迥異，實在多了。或許在那一刻，无瑕仍有可下手殺人，置「范輕舟」於死之心；此一刻，則著眼如何俘擄他的心。

龍鷹也「不懷好意」，不單想征服她的「人」，也須征服她的「心」。

直至此時，邪帝、玉女，於不同層面上，仍戰個旗鼓相當，難分難解。更可能永遠不會出現明顯的勝負。

楊清仁的忽然得勢，他們的「情場戰場」，如平緩的河水，沖進了像虎跳峽、三門峽般的山峽，驚濤裂岸，再不由人的意志左右。

龍鷹碰碰她香肩，道：「究竟是甚麼娘的一回事？除非大姐肯陪小弟睡，否則恕小弟須趕回家睡覺。」

无瑕若有所思的瞧著東大寺南廟牆外的里坊，秀眉輕蹙，責怪道：「又說愛得要生要死的，多陪人家一點時間的耐性都沒有，可知你這人多麼虛假。」

龍鷹叫起撞天屈道：「大姐可知小弟為趕回來，多少天未闔過眼？」

无瑕對他的苦況一無所感，逕自問道：「最近你對田上淵幹過甚麼好事？」

龍鷹大耍無賴款兒，若無其事的道：「一個香吻……噢！」

无瑕伸手勾著他脖子，獻上火熱辣的香唇。

天地在那一刻靜止了。

海潮拍岸，一陣比一陣強烈的感覺，穿越無盡的暗空，注進他們愛的渾沌裡去。

至少在這一刻，龍鷹忘掉了他們間所有的恩怨、隔膜、顧忌和猜疑，與无瑕的暗夜，被燃燒著的愛火驅走。

不論長安城多麼宏偉，仍遠及不上愛的天地寬廣深邃的萬一，血肉之軀被提升轉化，神魂共舞，翱翔於未曾踏足過的愛情淨土，腳下的原野濃綠濕潤。

无瑕蓋頭的帽子在龍鷹激烈的撫摸下，掉下來，滑落瓦坡，至簷緣止。沒有束縛下，她秀髮散垂，在長風中波浪般起伏著。

龍鷹血液裡的魔性不住滋長，其力量愈發不可一世，能接受任何瘋狂的考驗和挑戰，毫不猶豫地征服視野內每一寸的土地。

无瑕劇烈抖顫。

唇分。

兩人同時急劇喘息，避免目光的接觸，誰想過本該屬打發龍鷹，敷衍他的親一親，變成欲仙欲死的熱吻。

情況絕對失控。

龍鷹心裡湧起無與倫比的感覺。

與无瑕的親熱，比諸與仙子端木菱，位處兩個極端。

與仙子屬水乳交融，無分彼我，迷失在仙魔渾一，仿似天地初開的異境裡。那亦可以是一種失控，魔種如飢渴的籠裡猛獸，給釋放到滿佈獵物的廣闊原野，且清楚自己可稱王稱霸，肆無忌憚，如果沒自我克制的能力，魔種的野性將全面釋放，道心徹底崩堤。仙子對他的愛，只能作為疏通的引導，本身並非可加諸於魔種不能毀壞的枷鎖。

和无瑕卻是完全的另一回事，是一種互相制衡、爭鋒的鬥爭激戰，誰都不服誰，未至最後一刻，鹿死誰手，未可料也。

於顛倒在與无瑕的熱吻、兩唇相觸的剎那，龍鷹直覺感到獻上香吻的首席玉女，早超越了「玉女宗」當家玉女的身份，成為了繼魔門陰癸派「陰后」祝玉妍，及其後脫離魔門出而自立的婠婠，再由婠婠一手栽培出來的女帝武曌，成為最新一代的「陰后」，其心法、武功，代表著魔門媚術和武功的結合，不單能集其大成，將層次推向登峰造極之境，且因其秘族種女的超凡稟賦，做出突破，首次涉足魔門武功的無人地帶，足以與龍鷹的邪帝成分庭抗禮之勢。

龍鷹不敢瞧她，半為心虛，怕給她窺破真身，那就冤枉糟糕至極，唯一希望，是欺她男女經驗尚淺，誤以為因真的愛上「范輕舟」，故有此異常滋味。

另一半則是怕看到她玉女情動的誘人模樣，魔性大發，那對人對己，均無益有害。

好一陣子，无瑕的吐息回復平常，朝他望來，淡淡道：「滿意了嗎？」

龍鷹搖頭歎道：「這是否一種仙法，我從未想過大姐的吻可以這般的甜美豐盛，令人完全迷失。」

无瑕嗔道：「還要岔到別的地方去？」

龍鷹似說著最微不足道的事般，道：「我幹掉了鳥妖！」

說出此石破天驚的一句話時，龍鷹感應到无瑕心裡沒法隱藏的波盪，顯示出她所受衝擊之大。

她沒說話，雙眸卻現出精芒，望進他眼裡去，似欲要從他的眼睛看穿這句話所包含的涵義。幾可肯定，憑她的玲瓏心巧，一時仍難盡攬此句話所傳達複雜無倫的信息，而她情緒上的反應、波動，亦增添了她全面理解和掌握上的困難。

這是句龍鷹絕不想說出來的話，可是若要說，眼下正是最佳的時機。

首先，无瑕剛在不久前證實他非「龍鷹」；其次是，他今天將楊清仁捧上右羽林軍大統領之位。

眼前此刻，是大江聯一方，也是无瑕最不懷疑「范輕舟」的一刻。

紙包不住火，鳥妖和侯夫人的不知所終，終有一天傳到中土來，特別是欽沒晨日被殺一事，恐怕大江聯一方早收到消息。无瑕乃知情者，自然而然將欽沒晨日之死，聯想到鳥妖兩人的失蹤上，生出懷疑。

當撇除所有可能性後，最後的懷疑，勢落在有份參與朔方無定河之戰的「范輕舟」身上，那就倒不如由龍鷹自己招認，反可贏得「坦白從寬」的奇效。

无瑕的眼神，變得無比銳利，逼他不得不解釋清楚。

龍鷹好整以暇的道：「這才是鷹爺在塞外的兄弟，不惜千里到中土來的真正原因，就是待鳥妖自投羅網，也是小弟參與河曲之戰的主因之一。」

无瑕回復冷靜，道：「鳥妖干范當家何事？」

龍鷹輕描淡寫的道：「他與田上淵的勾結，已令我有足夠殺他的理由，至於我憑何而知，恕小弟無可奉告。」

无瑕審視他好一陣子後，平靜的道：「你們如何殺他？」

龍鷹聳肩道：「可以告訴大姐的，他輸的是運氣。哼！河曲之戰，是我和田上淵鬥爭換了另一個戰場的延續，若讓突厥人攻入關內，我范輕舟在中土豈還有立足之地？」

无瑕不悅道：「那你是不肯說了。」

龍鷹冷然道：「你根本不該問。我告訴你這麼多事，已是對你另眼相看，特別優待。」

无瑕現出笑容，緩和了冰封般的僵持，抿著嘴兒道：「為何發脾氣？你清楚人家和鳥妖的關係嗎？」

龍鷹仰望夜空，道：「不知道就是蠢材，大姐的鷹兒是怎樣得來的？天下間，只鳥妖有本領訓練出來。」

无瑕漫不經意地道：「鷹爺有否在你面前提及人家？」

龍鷹沒好氣的道：「你說呢？」

无瑕淺歎一口氣，沒再追問，將螓首枕在他肩頭處。

龍鷹乘機「心軟」，道：「范某人愛幹甚麼幹甚麼，最怕給人管，更不須向任何人交代。」

无瑕哄小孩子般柔聲道：「知道哩！」

龍鷹暗鬆一口氣，這一關絕不易過，總算過了，得力處是自己在南詔對「范輕舟」性格的形容，現在由自己親身演繹。否則怎解釋得那麼多。

自己擺出我行我素，信不信由你的態度，反可令无瑕感到他說的乃肺腑之言。

以前不論和誰談情說愛，縱然端木菱的「仙心難測」、花秀美的冷漠、秘女萬俟姬純的異乎尋常，至乎獨孤倩然出於高門之外的情懷，總有可尋脈絡。

然而，眼前的首席玉女，鬼魅似的芳心，龍鷹在認知上一籌莫展，沒法掌握其萬一，還不時有衝動，來個揮刀斬情絲，可惜也知對她陷溺日深，刀斷的只是永斬不斷的流水。

情場較量上，他實處於下風。

剛才對她質詰的反應，小半為策略，大半是真的動氣，因再感覺不到柔情蜜意。

龍鷹心有所思，答非所問的道：「你可知我心內的痛苦？」

无瑕轉了個形式，換過親暱的姿態，然仍換湯不換藥，窮詰不放，激起他的反感，也顯示无瑕對他的態度，能直接影響他情緒的起落。

他奶奶的，先前的熱吻太動人了。

无瑕纖手搭在他左肩處，借力探過頭來，審視他的容色。

龍鷹沉痛的道：「我害死了她！」

他說的是與真正范輕舟私通的古夢愛妾，想的卻是花簡寧兒，那確是他心內的遺憾。

无瑕憐惜的道：「過去了的事，勿想哩！何況你已給她討回公道，令古夢生不如死。」

她這麼說，使龍鷹曉得大江聯在范輕舟的出身來歷，下過一番工夫。

龍鷹朝她瞧，道：「希望你明白，范某絕不容自己重蹈覆轍，盲目的投進可令人覆滅的情海裡去，亦經不起風浪的打擊。」

他現在的招數，是千黛教落的「全情投入」，以配合似打開收妖葫蘆，勾出大籮筐疑問的一句話，對无瑕的提問分而治之，或答了等於沒答，又或索性不答，免犯以前「欲蓋彌彰」的老毛病。

也叫打鐵趁熱，故意顯露熱吻激惹的情懷，令无瑕感到他的情緒波動處於驚濤駭浪裡，故而患得患失。

他的目光移往滑落至簷緣的小帽子。

无瑕坐直嬌軀，輕輕的道：「无瑕也有為難處呵！」

龍鷹記起台勒虛雲於花簡寧兒舉行喪禮那天早上，淚流滿面的情景，默然無語。

「五更哩！」

龍鷹「嗯」的應了一聲。

又歎一口氣，沉聲道：「大姐聽過田上淵旗下白牙這號人物嗎？」

早前簡單的一句話，手尾極長，若那句話等於棋局的第一子，此刻已快近終結，就看他收官子以了局的本領。

无瑕道：「當然知道。」

龍鷹道：「白牙就是曾橫行北方水道、惡名昭著的練元，今次捲土重來，是含有誓雪前恥之心，在田上淵大力支持下，首先遭殃的是獨孤善明，成為『獨孤血案』，接著就是黃河幫的陶過在長安街頭遇襲身亡，出手的正是練元。」

无瑕美眸生輝，顯然龍鷹所說，是他們一方沒想過的。

龍鷹續道：「我是到今次北上，在大運河被白牙伏擊，先後與他在船上和水裡交鋒，方想破諸事間的關係。是役北幫損失二十三艘性能優越的蒙衝鬥艦，傷亡沉重至極，不可能在二、三年內彌補。我們則只一艘船，由竹花幫頭號操舟高手把持。此役將惹發田上淵的危機感，不趁機殺我，便非田上淵。」

无瑕柔聲道：「此正為今晚人家坐在這裡，被逼聽你吐苦水、發牢騷的原因。」

第六章　誅田之計

不知如何，龍鷹總感覺此刻的无瑕，異乎往常，至於分別在哪裡？沒法具體形容。唯一清楚的，是經剛才的親吻後，雙方再沒法回復到吻前的男女關係。

那是以往關係的終結，同時是新的開始。

表面上，一如往昔。

可是，龍鷹自己知自己事，无瑕比以前更能牽動他內心的情緒，更易傷害他；无瑕並沒有特別投其所好、曲意逢迎，卻不時現出以她的修為，仍無法掩飾，雖微僅可察，然非為錯覺，來自心靈深處的異動。

无瑕輕柔的道：「李重俊、李多祚起兵造反前個許月，田上淵從北方回來，帶來大批高手，進駐北幫在關內的總壇。全部新面孔，經我們全力監視偵察下，終斷定這批北幫的新成員，乃來自前突騎施的高手。其中五個人，名氣雖及不上參師禪，但實力卻不遑多讓，只因長期伺候前突騎施之主娑葛，故聲名沒參師禪般響亮。」

龍鷹明白過來，終了解田上淵到河套去的原因，就是迎接這批加盟北幫的突騎施高手，安置他們到關內去。

突騎施全盛之時，形成與強大的突厥族分庭抗禮之勢，多麼人強馬壯，不可一世。只可惜被默啜施以離間計，分化其弟遮弩，在默啜的支持下，背叛娑葛。

遮弩叛兄的第一擊，就是與突厥猛將軍上魁信聯手突襲彩虹夫人由突騎施人護送的車隊，令龍鷹慘嘗首次敗仗，心裡留下永不能癒合的傷疤。

隨娑葛和遮弩先後被默啜所滅，組成突騎施的各姓各族，散往東西，原本追隨娑葛的高手，僥倖生還者，頓成喪家之犬。

參師禪可以加盟北幫，其他夠資格者亦然，這些人對突厥人懷有深刻仇恨，於大唐亦沒有好感，曉得田上淵的圖謀後，自然一拍即合，肯為田上淵賣命。

武三思的大相府被殺個雞犬不留，諒非田上淵原意，只是攻擊大相府的骨幹，正是這批凶悍成性的突騎施高手團，貫徹其一向殘忍的作風，造成這般後果。

難怪以大相府的高手如雲，亦落個全軍覆沒，無一人能活離現場。

中土武林對這批在田上淵掩護下潛入關中的突騎施高手，毫不覺察，皆因根本不認識他們，就像亡於龍鷹手底的契丹高手尤西勒。幸而台勒虛雲深悉塞外情況，將他們辨認出來，從而掌握田上淵的虛實。

无瑕續道：「人家特別提出五個人來，其中兩人被確定身份，分別為拔沙缽雄和照干亭，均為娑葛當年的貼身近衛，為娑葛統率其左、右親衛騎隊，非常悍勇，敵人聞之膽喪。由於兩人形相獨特，縱未見過，仍可輕易猜到他們是誰，再從兩人不時用突騎施語交談，揭穿他們的來歷。」

龍鷹忍不住問道：「大姐剛才提及的參師禪，是否其中之一？」

无瑕道：「他早來了，直至他以飛輪摘下李多祚的首級，我們方驚察他的存在，可知在宗楚客和田上淵的掩護下，這個塞外凶名最著的淫賊，隱藏得多麼好。」

新仇舊恨，湧上心頭。

龍鷹暗裡立下決定，將竭盡所能，不讓參師禪活著返塞外去。

表面當然不動聲色，裝作事不關己。

不論李多祚後來如何對待自己，但終對李多祚有一份深刻的感情，又曾在對孫萬榮之役大家並肩作戰，現在死得這般的慘和不值，心內悲痛惋惜。

大唐又失一忠心耿耿的猛將。

无瑕續道：「參師禪混入了李重俊這蠢兒的陣營內，駐於宮城東宮內，故能避過我們的耳目。」

龍鷹問道：「政變發動前，你們竟一無所覺？」

无瑕看看天色，道：「沒時間談其他事哩！」

略停，接下去道：「政變失敗後，北幫的突騎施高手趁機撤離西京，並帶走所有攻打大相府的傷亡者，不留半點痕跡，好將責任推在李重俊身上，自此再沒踏足京城。直至三天前，終見異動，入城的包括拔沙缽雄、照干亭等五個突騎施高手，旋即不知所終，而在同一時間，北幫的探子全面動員，監察京城，也使我們曉得，田上淵大可能收到你范當家即將來京的消息。」

又欣然道：「現時當然清楚，原來北幫攔截范當家的戰船隊，給范當家打個落花流水，痛失大批珍貴戰船，一失再失。戰無不克的田上淵，對上范輕舟沒一次不吃大虧。在這樣的情況下，若任由范輕舟到西京來揚威耀武，田上淵的面子可掛到哪裡去？」

龍鷹呆看著愈說愈興奮、俏臉神采照人的首席玉女，心生異感。

无瑕是否以自己為榮？

她說得對，田上淵扳回的唯一辦法，就是殺死「范輕舟」，其他手段均不關痛癢。且愈快愈好，否則一旦讓「范輕舟」立穩陣腳，殺他的難度將大增。

速戰速決，有著實際上的需要。

像這類的伏擊刺殺，只可能在某一段時間內進行，沒可能曠日持久的靜候，除非可採輪班制，否則候命的高手勢撐不下去。

時間的長短，是一天嫌長。

正因如此，台勒虛雲可精確部署反伏擊的行動，目標當然是田上淵本人。「范輕舟」成為釣田上淵的鉤餌。

龍鷹點頭道：「我明白了！」

无瑕續道：「今早王庭經駕車離宮未返興慶宮，卻駛往躍馬橋去，立即牽動各方勢力。」

龍鷹吁出一口氣，道：「大姐稍等！」朝前弓身踏步，拾回小帽，重返屋脊坐好。

无瑕閉上美眸，舉手束卷散垂的秀髮。

龍鷹待她將烏黑閃亮的長髮以絲帶妥善束紮，才為她戴帽子，乘機在她左右臉蛋各親一大口。笑道：「畫眉之樂，不外如是。」

无瑕睜開明眸，白他一眼。

龍鷹笑道：「王庭經這般惟恐別人不知范某人抵達西京的陣勢，你們沒起疑嗎？」

无瑕道：「起疑又如何，難道宗楚客和田上淵可坐看你到皇上處去告他們的狀？」

龍鷹哂道：「至少在今早，他們根本不怕任何人向李顯告狀。」

无瑕道：「錯哩！是怎都有顧忌，所以宗楚客煽動韋捷出手，也令韋捷首當其衝，成為李顯反撲下第一個落馬的韋氏子弟。」

龍鷹大奇道：「大姐怎可能似比我這當事人曉得更清楚？」

无瑕道：「旁觀者清嘛！」

接著正容道：「這是田上淵犯的第一個失誤，是錯以為宗楚客可在你到大明宮途上截著范當家，來個如有抗命，當場格殺，又或來個五花大綁，酷刑伺候。」

龍鷹道：「真的是錯誤嗎？街上關卡處處，王庭經更非善男信女，田上淵何來把握？」

无瑕道：「在東少尹夜來深的配合下，以攻打大相府的班底和實力，由田上淵親自領軍，有心算無心下，你認為和王庭經活命的機會有多大？」

龍鷹聽得倒抽涼氣，心忖肯定須死第三次，駕車的小方第一個沒命。

與閻王爺擦身而過，竟然一無所覺，所以糊塗可以是一種福份。

乾咳一聲道：「大姐言下之意，是否指老田的殺人小組，並非小組，而是軍團？」

无瑕「噗哧」嬌笑，道：「范輕舟是不是天生不怕死的玩命郎，可在任何時刻嘻嘻哈哈的？人家看呵！你該改名為『玩世郎』較對味。」

无瑕續道：「即使北幫幫眾數以萬計，能稱得上高手者，不過數十之眾。」

又欣然道：「可是呵！狙擊的對象，是能與田上淵並駕齊驅，『北田南范』裡的范輕舟。嘻！怕現在也該改為『南范北田』，由南范壓著北田。對嗎？」

龍鷹探手過去，摟著她纖巧、充盈彈跳活力的小蠻腰，感覺之實在和滿足，用盡天下言詞，難形容其萬一。

終於可說摟便摟。

龍鷹心花怒放的道：「大姐肯拍小弟馬屁，若沒幾生絕修不來。咦！大姐為何不說話？」

往她瞧去。

无瑕玉頰霞燒，喜嗔難分的道：「快放手，摟得人家身體發軟，挺古怪的。」

龍鷹被她嬌態媚狀吸引，忘掉兩人間所有恩怨，樂不可支的道：「釋放大姐嗎？非是不行，有得商量，多親個嘴再說。哎喲！」連忙縮手。

无瑕收回在他腿上重扭一記的纖纖玉手，笑得花枝亂顫，得意洋洋。

龍鷹連連呼痛。

无瑕回復平常，若無其事的接下去道：「田上淵犯的第二個失誤，是想不到解除宵禁後，舉城歡騰的熱鬧情況，大街小巷擠滿人，令他們坐看你在街上大搖大擺的走著，他們的『覆舟小組』卻無從下手。」

龍鷹搓揉痛處，誇張的苦著臉孔道：「這不算失誤，是欠運氣。」

无瑕道：「小可汗最怕是你和榮老闆說話後，立即返興慶宮睡覺，那我們將和田上淵同樣失望。」

龍鷹恨得牙癢癢地道：「原來大姐帶小弟遊城，另有居心，與郎情妾意拉不上任何關係。」

无瑕輕描淡寫的道：「是也好！否也好！事實就是人家給你吻了，給你摟了，也給你摸了。你還有何好怨的？」

龍鷹一本正經的道：「大姐所言甚是！」

无瑕忍俊不住的嬌笑，橫他一眼。

龍鷹整個人挨過去，擠得她緊緊的，陶醉的道：「不管大姐愛小弟，還是害小弟，我倆的糊塗帳，肯定沒完沒了。」

无瑕沒好氣的道：「你愛怎麼想，閣下的事，現在坦白告訴我，你合作還是不合作，人家再沒時間和你磨蹭。」

龍鷹仰望夜空，道：「為何尚未見大姐的靈鷹來報喜？」

无瑕用神看他一眼，道：「范當家猜到了。」

龍鷹輕鬆的道：「若猜不到大姐今夜的手段，小弟還用出來混？」

要監視像田上淵般當代有數的高手，近乎不可能，龍鷹或可勉強辦到，但絕不是在現今夜闌人靜之時，何況田上淵非只單獨一人，肯定有像參師禪等與龍鷹同級數的高手，再加上十個、八個接近參師禪的一流人物，全神戒備下，踏足於他們的警戒網內，龍鷹亦沒信心可避過他們敏銳的感覺。

龍鷹自問辦不到，台勒虛雲在這方面肯定在他之下，更辦不到。

唯一可辦到的，就是黑夜高空上的探子，也是有心算無心。縱使田上淵深悉鳥妖靈鷹的厲害，但怎想到頭頂高處，由鳥妖訓練出來的獵鷹在默默監視。

无瑕淡淡道：「答我！」

龍鷹道：「今夜小弟就是大姐的戰友和夥伴。」

无瑕送他一個迷人的笑容，道：「這才乖嘛！」

龍鷹道：「所謂的合作，指的是甚麼？」

无瑕道：「戰場上千變萬化，不到任何人預測，截至此刻，田上淵在何處埋伏？

人數多寡？我們尚未肯定，故只可就大概和想像，研究出一個可行的策略。」

龍鷹沉吟道：「你們或許低估了田上淵。」

无瑕訝道：「范當家何有此言？」

在壓根兒不曉得无瑕一方的戰略，又不清楚除无瑕和台勒虛雲外，是否尚有其他高手，龍鷹竟說他們低估對手，无瑕的奇怪絕對正常。

龍鷹忽探手拿著她巧俏的下頷，往她香唇輕吻一口，笑嘻嘻的放手。

无瑕受襲，大嗔道：「無賴！」

龍鷹心滿意足的道：「此時不吻，更待何時？今晚與田上淵的交鋒，能取得多少成果，還看此招。」

又問道：「大姐大可拒絕，為何沒這般做？是否一件糟，兩件也是糟。抑或非常享受與小弟親熱的滋味？」

无瑕俏臉生霞，道：「你扯到哪裡去了？」

龍鷹心忖若論實戰經驗，強如无瑕、台勒虛雲，亦要瞠乎其後，今夜之戰，只能由自己作主，而非依他們的想法。

道：「先告訴小弟大姐心中定計。」

无瑕道：「我們的計劃，就是『螳螂捕蟬，黃雀在後』，若然可在田上淵動手時，仍茫不知有我們窺伺在旁，計策算成功了一半。剩下的一半，須看范當家可撐多久。」

換言之，是看龍鷹可否撐至他們出手的一刻。

无瑕續道：「除人家和小可汗外，出手的尚有道尊，我們將集中全力突襲田上淵，來個『圍魏救趙』。」

又皺眉道：「為何范當家忽然指我們低估了他？」

龍鷹歎道：「因為小弟比任何人更清楚老田的厲害，即使他孤身一人，但在西京街頭的環境，憑他的武功，仍有殺出重圍的可能。休說在整體實力上，老田的『覆舟小組』，以兩軍對壘言之，實在我們之上，剩是參師禪一人，已非常難殺。」

沒法說出口的，是田上淵或參師禪，均今非昔比。後者敗於自己手上後，精進勵行，誓雪前恥；田上淵更不用說，五采石被奪後，因禍得福，做出無可比擬的突破，臻達「明暗渾一」之境。其「血手」更為無隙可尋的絕世奇功。

任台勒虛雲智可通神，始終欠缺龍鷹鳥瞰式的視野，對田上淵的認識，止於以前伏擊田上淵的經驗，不像龍鷹般曾多次和田上淵短兵相接，知己知彼。

故此當設計狙擊田上淵，便頗有紙上談兵的況味。

无瑕道：「然則范當家有何提議？」

龍鷹坦然道：「要硬撐著，恐怕撐不過幾下呼息。但若小弟明知有人埋伏暗處，他們多一倍人也幹不掉我，此為戰略的問題。」

无瑕欣然道：「這麼說，我們大可以在某處設下陷阱，由范當家引敵過來，然後我們出手招呼。」

龍鷹道：「所以小弟早前說，贏此仗該沒困難，但殺老田嗎？在這個情況下，絕辦不到。」

接著沉聲道：「想殺老田，必須營造出某一他不能逃跑的形勢，憑實力和他來個生死決戰。來！小弟現時最需要的，是大姐熱情如火的另一香吻，然後……咦！大姐的鷹兒來哩！」

夜空上，隱現鷹蹤，盤旋飛舞。

第七章　東市之戰

龍鷹逢屋過屋的，從不夜天的北里，進入對比強烈，於天亮前靜如鬼域的東市。

在正常的情況下，其他里坊與東市分別不大，可是現今雖說取消宵禁令，街道和里坊的巡邏和關卡，大致上仍保持宵禁時的力道，沒明顯的鬆弛，八門緊閉的東市便成為最不受管束的地帶。

東市比鄰興慶宮，也因而成為前往興慶宮的秘路捷徑。平情而論，「范輕舟」自可大搖大擺的返興慶宮去，沒必要隱蔽行藏，卻是可以理解，因有在玄武門前被韋捷攔截的前車之鑑。

「小心駛得萬年船」下，經東市直抵興慶宮西南角的金明門，乃智者之選。同時營造出他一直耽在因如坊內，到此刻方返興慶宮睡覺。

說真的，老田如何想，龍鷹沒理會的興趣，攔不著自己，是他的事。

從街上的情況，可看出宗楚客、夜來深一方並沒與田上淵配合，前兩者該不知情，老田又一次自把自為，憑一己好惡辦事。

夜來深在因如坊外截著自己說話，表達善意，是因宗楚客審時度勢下，認為籠絡「范輕舟」乃目下最佳策略，田上淵這般和名義上的主子對著幹，宗楚客有何想法？

其中微妙處，只有龍鷹這個當事人始勉強可以把握，其他人包括宗楚客、田上淵亦只得其一偏，何況台勒虛雲、无瑕等局外人。所以，龍鷹須將殺田上淵的行動，從台勒虛雲手裡拿回來，以免白白浪費了雖然是意外得來，但得來不易的大好形勢。與田上淵的惡鬥，是發生在西京城內的戰爭，不在乎一日之短長，而在最後的成敗。

於越過東市的外牆前，龍鷹牽動了老田「覆舟小組」的殺人網。

无瑕的靈鷹情報非常管用，清楚老田和他的人的部署集中在興慶宮西面的金明門和西大門興慶門，人數在三十到四十之間。

依无瑕估計，有資格出手攔截者，該不出二十人之數，其他負起放哨、把風和事後接應的任務。當然！所謂沒資格者，亦為不可多得的高手，否則反成負累。

今趟田上淵志在必得，故盡起手上精銳，務求將西京，至乎整個江湖爭霸的形勢，一下子扭轉過來。亦是田上淵的一貫作風，於毒殺獨孤善明和刺殺陶過兩事上，表露無遺。

今次田上淵特別著力，因不想繼七色館、三門峽後，第三次失敗。

甫進東市，落在靠牆店鋪的屋頂前，一道人影於離他落足點百多丈外，另一瓦頂索命鬼般冒出來，攔著他往興慶宮的去路。

田上淵！

這傢伙蒙頭蒙臉，不過他心知肚明，「范輕舟」可一眼將他認出來。此亦為田上淵的本意，擺出一對一的決戰姿態，令龍鷹的范輕舟生出「玩命」之意，以待其他「覆舟小組」的成員進入最佳的位置。

在龍鷹全面開展的靈應下，十二個敵人正從不同方位全速趕至，好配合田上淵的狙殺。如若以硬拚硬，剩老田一人，可教他吃不消，鹿死誰手，未可知也。若然陷局，給對方合成圍毆之勢，幾個照面龍鷹將死第三次。幸好這場仗並非那般打的，由知敵的一方話事，決定生死的是戰術和策略。

龍鷹投老田之所好，裝出大感刺激過癮，「玩命郎」不畏玩命的本色，腳步不停的朝田上淵逢屋過屋的掠過去。

倏忽間，距離減半至不足五十丈。

龍鷹忽然停止，傲立在不知哪個商號的屋脊高處，啞然笑道：「田當家客氣，為小弟洗塵的方式別開生面，小弟稍後定然回禮。」

他束音成線，送往攔路的老田，不虞被市外的街衛聞得，非常合作。

他說得坦白，不怕田上淵洞悉玄機扯呼撤走，因入局的非龍鷹，而是他們。「范輕舟」的確孤身一人，因是在絕瞞不過「覆舟小組」耳目的東市內，故此只會當「范輕舟」的豪言壯語，毫不在乎為惑敵之計，怎捨得放過眼前送上來的良機？

台勒虛雲原先定計，是由龍鷹引得田上淵的「覆舟小組」，到某一指定地點，由埋伏在那裡的三大高手，台勒虛雲、无瑕、洞玄子驟然狙襲，只要能於首輪攻擊重創田上淵，台勒虛雲將如附骨之蛆，鍥而不捨的直至置田上淵於死地，无瑕、洞玄子和龍鷹，則阻止小組其他成員護駕，可殺多少人，殺多少人。

策略上，實無懈可擊。

台勒虛雲厲害處，是從蛛絲馬跡，猜出「覆舟小組」的存在和發動的時間，而此前龍鷹壓根兒沒想及。在思慮縝密上，龍鷹遜台勒虛雲至少一籌、半籌。

然而，以戰略言之，天下無人能出龍鷹之右，魔種令龍鷹成為最能知敵的人，即使在此刻強敵環伺下，仍敢以身犯險，佔敵人便宜於對方最強勢之處。

田上淵眼神微變，顯示他在用心咀嚼龍鷹的話，當然不開腔回答，若這麼做，何用蒙頭蒙面，皆因日後一句「你怎曉得那個蒙面者是我」，立可推個一乾二淨。

龍鷹停下來是必須的策略，讓田上淵以為他中計，而他則在等待其他人進入攻擊位置，即是靜候最佳反擊時機的出現。

一時成隔開五間鋪子、一道東市內街的對峙局面。

十二個差不多於大致相同時間趕至的敵人，從四方八面潛近，其他人最快的仍落後達數息之久，但已隱隱形成包圍網，此時他循哪個方向逃，亦遇上敵人。

即使形成「內圈」的十二個敵方高手，到達的次序亦有先後之分，被龍鷹的魔種一絲無誤的掌握。

龍鷹曉得經歷過三門峽之戰、河曲數戰、多次魔奔、追殺鳥妖一役後，他的「道心種魔大法」，已突飛猛進，於今次遇伏的天機靈應，表露無遺。

精采的是可以掌握即要發動的高手每一個人的來勢，至乎深淺，這是以前不可能辨到的。探悉其位置已非常了不起，更難得是他感應到參師禪，也因而掌握老田今趟攔截他的策略戰術。

敵人採用的方法簡單有效，就是以田上淵帶頭攔截，如龍鷹硬闖，最為理想，必死無疑，因田上淵肯定可纏著他。

若龍鷹知機遁逃，則由同級數的參師禪領先攻擊，效果相同，緊纏之不放，待其他人殺至，形成合圍之勢。

此為敵方戰術的骨幹，能臨機變化，實際可行，更為在目下的情況裡的最佳戰術，以最強的田上淵和參師禪帶動攻勢。

像現在般，田上淵封著去路，參師禪便憑其在千軍萬馬裡能奪帥的武功和身法，第一個無聲沒息的從左下方穿街過巷的趕來，撲上龍鷹立處的舖子屋頂。比其他高手至少快上數息的光景。

可以這麼說，如讓參師禪足踏屋脊的左端，龍鷹的死將成定局，誰都不能改變。

在敵人眼裡，龍鷹這麼的停下來，愚蠢至極，半隻腳踏進鬼門關去。

田上淵動了，倏地射往半天，橫空而至。

龍鷹知老田目的在分自己心神，令他覺察不到參師禪的從旁殺至，心中好笑。自己肯定為參師禪命裡注定的剋星，這傢伙每次遇上他龍鷹，無一次不吃虧，只看是大虧還是小虧，真不知是何運道？

他不知多麼想把參師禪當場處決，然小不忍則亂大謀，還須賠上性命，故只好多忍他一會兒。

下一刻，龍鷹閃電左移，望著屋脊盡端外空蕩蕩處，一拳轟去。

積蓄至頂峰的魔氣，隨拳而去，蒙面的「老朋友」參師禪從地面斜掠而至，天衣無縫填補了剎那前仍為虛空的位置，仿如送上來讓龍鷹餵他全力的一拳。

如一切不變，龍鷹的一拳將轟在參師禪的胸膛上。

此時離龍鷹最近的，非是騰空撲至的田上淵，而是緊隨參師禪身後的兩個敵人，均到了該躍離地面，投往屋頂的位置，比參師禪慢上一線。

蒙著頭臉的參師禪左右手各持一輪，瞧姿態該在足觸瓦頂前，擲出其名懾塞外的飛輪，既可先聲奪人，又可爭佔上風。豈知尚未清楚情況，魔氣臨身。

換過施襲者是別的高手，管他強如拓跋斛羅，又或台勒虛雲之輩，參師禪怎都有些兒預覺。卻恨針對之是深悉他的龍鷹，魔氣則超越了任何先天真氣的範疇，沒形成可使他感應得到的氣場，龍鷹在拿捏時間上又妙至毫顛，令他除硬捱外，別無他選。

高手相爭，爭的不過一線之差，參師禪這般的以無著力之處的「虛」，去擋架龍鷹蓄勢以待的「實」，相差豈止「一線」，雙目現出震駭之色。不過高手畢竟是高手，自然而然做出於此劣境裡最能救命的招數，兩輪合併，以鋒利的輪邊正向龍鷹攻來的一拳，尚未前推，龍鷹重擊雙輪。

「轟！」

勁氣濺飛宣洩，狂流橫飆。

龍鷹不理奪命輪的邊緣多麼鋒利，毫無花假的一拳轟擊在雙輪處。拳、輪相觸。

參師禪如被電殛，渾身劇顫，上身先往後仰，朝上噴灑漫空鮮血。

接著龍鷹沒想過的事發生了，兩輪竟分中折斷。

參師禪變斷了線的風箏，不堪狂風吹殘似的拿著兩個破輪朝後拋飛，觀其勢，落點怕在數間舖位外，二、三十丈遠的某處。

擊中雙輪之際，一股無可抗拒的猛力，反震過來，令一心狂追參師禪而去的龍鷹，連消帶打的如意算盤敲不響，未能佔盡參師禪的便宜。

龍鷹雙腳緊釘屋脊立處，身往後仰，以化去對手龐大的反震力，到快要橫躺屋脊，後枕離屋脊尺半的距離，終化去參師禪的反震力道。

龍鷹仰著身體平射往屋脊另一端。

本緊隨參師禪趕上來的兩個敵方高手，駭見參師禪噴血倒飛，忙改變角度，分躍往左、右簷緣的瓦面去。

從龍鷹的位置掌握被牽動的敵勢，橫空而來的田上淵正朝下降，依勢子落點該為右方鄰舖的屋脊。可是，龍鷹直覺感到田上淵勢不止此，憑其「血手」，可輕易改變落點，並可增速，不知底細者，肯定被他愚弄。

去掉參師禪這個大威脅，餘下任務，是令老田無從著力，永遠差上一點點，方能以其獨異的功法，纏死龍鷹。

龍鷹今夜之戰的策略，就是盡己之長，克敵之短，看誰更懂利用地利。

三敵從後方射上來，取的是屋脊和兩邊的瓦坡邊緣，龍鷹如此仰身投後，剛好給三人截個正著。

另有四人現身左方鄰舖的屋脊瓦坡，下一刻將投躍過來。

這般看，參師禪雖硬捱龍鷹的重拳，仍可換回龍鷹陷身敵陣之險。由此可見參師禪確有當龍鷹勁敵的資格，田上淵外，攻來的九個敵人，無一非一等一的強手。

龍鷹倏地定止。

此時朝下落的田上淵來個半空翻，頭下腳上之際，兩手隔空抓往屋脊，營造出新的動力，改向朝龍鷹即將抵達的位置以電光石火的高速，疾射而至。

龍鷹的煞止，頓令田上淵凌厲和出人意表的一著，出現達三至四尺的誤差，但田上淵再沒法改變。

龍鷹凌空半旋轉動，從仰變俯，同時雙手抓著屋脊，生出的力道，恰好抵銷了去勢。

最先趕到的，仍是田上淵，其他人均要慢他有長有短的少許。

龍鷹心叫「技術就在這裡」。

若雙方均凌空，田上淵蓄勢的「血手」，將可盡展其長，龍鷹能與他戰個旗鼓相當，實非常難得，接下去當然是陷身敵陣，至死方休。

要撇開老田並不容易，憑其不在龍鷹之下「明暗合一」的功法，手下高手任何一人能稍阻延龍鷹片刻，他仍可及時趕至，龍鷹難逃落敗身亡的結局。想想此時的田上淵等於另一個拓跋斛羅，便明白龍鷹的顧慮。

破圍之法，還看如何應付田上淵。

龍鷹風車般旋轉，尚未轉足一圈，兩腳連環踢出，迎往雙掌改向朝他推至的田上淵。

田上淵不得不在中途變招的「血手」，不論氣勢、功力均大打折扣。

反之龍鷹的連環腿，卯足全力，且巧絕無倫，用上全身勁氣，渾體的龐大能量，且先至的一腳純為魔炁，後一腳則為具「至陰無極」雛型的道勁，分別以「橫念」踢出。

「砰！砰！」

勁氣爆響。

田上淵千個不想、萬般不願，仍因無著力之處，照單全收至陽和至陰兩股截然相反的能量，雖然大部分給拒於經脈之外，仍被部分入侵，應腳從何處來，歸何處去，倒飛回鄰舖瓦面。

龍鷹心呼「好險」。

倘若仍是淩空，那田上淵「血手」所生的吸啜力道，勢令他如撞上蛛網的飛蟲，愈掙扎，用的力道愈大，愈給纏緊。現在則以雙手抓著屋脊，十指陷進樑木去，等於下錨的船，不怕風浪。

敵人分從前後撲來，如狼似虎，一副吃定龍鷹的模樣，拔劍、祭刀。

刺殺講求的是輕便靈活，不可能抬槍扛矛的，故敵人用的大多非平時拿手的武器，此認知對龍鷹異常重要，乃敵人的破綻和弱點。

抵著了田上淵「血手」吸啜的力道，於眾敵攻至前，龍鷹回復動力，就那麼彈離屋脊，直挺挺的滾落瓦坡。

此時左方鄰舖瓦頂的四敵，正先後騰躍過來，其中一人，落點恰為龍鷹即將滾往的位置，立成龍鷹活靶，倒楣至極。

再一個滾轉，龍鷹成功凝聚魔氣，舉手送出。

對方已知機，來個凌空翻騰，且將馬刀隨手朝龍鷹扔下去，騰出雙手，運掌迎接龍鷹從下而來的氣勁。

一聲爆響，那人噴血拋飛。

扔下來的馬刀，破瓦而入，刺在空處，龍鷹早貼著屋簷滑往店舖間的長巷去。

著地後，龍鷹沒停留地開溜，捨東北取西南，靈應全面開展，化凶險的伏擊，為在東市捉迷藏。

第八章　後著之計

龍鷹揭開紗帳，獨孤倩然海棠春睡的美態展現眼下。

早在他穿窗著地，高門美女驚醒過來，因知是龍鷹，仍慵懶在榻，不願睜目，或許仍失陷在魂牽的夢迴深處。

她的衣服不僅單薄，更是少至難以蔽體，全賴繡被的掩蓋；披面秀髮散落香枕，如雲似水，烏黑閃亮的長髮，襯得她露出的大截豐滿胸肌，春藕般的裸臂，冰肌玉骨，令人目眩。

在離天亮前僅一刻的暗黑中，經歷過險死還生的激烈戰鬥後，美人酣睡剛醒的迷人情景，兩人間若有如無的情意烘托裡，格外觸動龍鷹的心神。

此時的獨孤美人兒，側轉過來，俏臉迎向，有意無意地任龍鷹飽覽春色，毫不介意，最令人心癢的，是她尚未睜開美眸，讓龍鷹看到她亮星似的眸神，龍鷹如何盡窺勝景，她一概不理。

如若自己早上二、三個時辰，於「約定」的時間來會美人兒，她仍以這副模樣與自己相晤嗎？

大概不這樣便宜他，至少披上一襲外袍。

像獨孤倩然般的高門美女，有她的教養和矜持，縱然千肯萬願，如商月令般野丫頭作反，頂多欲拒還迎，而不會似美修娜芙般開放直接。

恰是在現今的情況下，美人兒藉點睡意不理禮節，寫意自由的待他來訪。

與參師禪和田上淵先後交手，雖達致預期的效果，破掉對方的殺局，但他亦受了不輕的內傷，特別是與前者的以硬撼硬，直至抵達獨孤大宅，方復元過來。

今趟田上淵真的露了底，出動了他在京最精銳的手下，打盡手上所持的好牌，令龍鷹可精確掌握，更有信心做出強而有力的反擊。

天明前他必須離開。

心裡沉吟，目光卻貪婪地盯著她雪白的胸肌看，聯想著密藏繡被內的峰巒之勝，此乃天然本能，與好色沒有絕對的關係。

曉得美人兒睜開美目，已遲上一線。

獨孤倩然頰泛紅暈，卻沒絲毫將被子拉高一點的意圖，呈示出來的放任，於她是非常罕有的況味。

龍鷹饞相曝光，手忙腳亂下，詞不達意的道：「倩然姑娘你早，嘿！請恕小弟來遲之罪。唉！剛和老田大打出手，由於小弟還有對付他的後著，故曙光一現，便須離開。」

歎息發自真心。

坦言之，是他抗拒不了高門美女動魄驚心的誘惑力，從昨天清晨開始，他們的「夜半私約」一直縈繞心頭，充滿期待渴想，縱未可真箇銷魂，但能在榻邊共話私語，足令人顛倒迷醉。

光陰苦短。

獨孤倩然擁被坐起來，輕輕道：「鷹爺坐。」

龍鷹側坐榻緣，幾是互相倚偎，氣息可聞，氣氛登時異樣起來。

獨孤倩然紅霞漸退，含笑打量著他，道：「可有倩然幫得上忙的地方？」

她身份特殊，能在某些情況裡，發揮意想不到的效用，先決條件是不可讓人曉得她和「范輕舟」的關係。

龍鷹點頭道：「定會有的，屆時必央姑娘幫忙。」

獨孤倩然秀眸閃閃的看他，似可不絕地從他處發現新鮮有趣的事物，香唇輕吐的道：「昨夜不成，還有今晚，鷹爺怎看？」

龍鷹慌忙道：「這個當然。」

目光下移，立即大叫乖乖不得了。

美人兒拉上卻沒補下，一雙大腿露在被外，恐怕面壁的高僧亦受不了。

「鷹爺！」

龍鷹夢醒般把目光移返美女的花容處，應道：「是！」

獨孤倩然含羞答答的垂下螓首，耳語般低聲道：「今晚行嗎？」

柳暗花明、峰迴路轉，此時他們的「夜半私約」，非但不知轉往哪裡去，模糊了初衷，且是徹底變質，微妙之處，兩個當事人一塌糊塗。

對其他美人兒，小魔女好，仙子好，无瑕也好，龍鷹從來當仁不讓，不客氣，能佔多少便宜便多少。

偏是對著眼前關中高門世族的第一美女，他不敢妄動，冒犯如犯禁，而即使獨孤倩然一副任君大嚼的情態，他竟提不起和她親個嘴兒、順手摸兩把的勇氣，確屬異數。

她的恬靜，令人不忍破壞。

美人兒以蚊蚋般的聲音道：「鷹爺可到這裡先睡覺，後說話。唉！鷹爺昨夜沒睡過，對嗎？」

獨孤倩然說來輕描淡寫，可是以她高門的出身背景，這樣的話，只可對夫君說。她的意思當然並非明表獻身之意，但分別不大，等若邀他同榻共枕。

中土一天仍是唐室李家的天下，獨孤倩然絕不容婚嫁，因而聲明丫角終老。宇文朔看穿獨孤倩然對龍鷹「范輕舟」的情意，故此屢次提醒，直至曉得他是龍鷹，始沒再提及。非是宇文朔認為龍鷹可公然娶獨孤倩然為妻，若然他這般做，沒人奈何得了他，但對獨孤家與唐室的關係，肯定是災難。

知悉「范輕舟」為龍鷹，宇文朔不用擔心他的一邊，亦清楚獨孤倩然懂得以大局為重，那只要可瞞過任何人，他們愛幹甚麼，宇文朔樂見其成。

龍鷹道：「一言為定。今晚不成，便明晚，除非小弟像在洛陽般給驅逐離境。」

獨孤倩然「噗哧」嬌笑，橫他千嬌百媚的一眼，讓龍鷹看到她風情萬種的一面，歡喜的道：「那次驅逐是玩掩眼法的小把戲，天下誰奈何得了鷹爺？娘娘加上大相仍落得個左支右絀，給鷹爺硬將右羽林軍大統領的鮮肉，從他們口邊奪走，還解除宵禁令。」

接著目光下垂，輕輕道：「禁令解除，倩兒隨大夥兒到街上趁熱鬧，心裡非常激動，不住地想，天下間還有可難倒鷹爺的事嗎？」

龍鷹將頭湊過去，輕觸她的額頭。

獨孤倩然嬌軀微顫，沒避開。

這是截至此時，兩人最親密的接觸。

如美女仰起俏臉，龍鷹清楚自己將毫不猶豫，痛吻她香唇。

龍鷹道：「天亮哩！再不走便遲了。」

龍鷹進入西市，於中央廣場一邊其中一個露天食檔坐下，剛點了東西，无瑕到，在他的那桌坐下。

食檔的六張桌子，由於時間尚早，只兩張有客，包括他們的一桌。

龍鷹挨過去，湊在她耳邊道：「大姐你好，昨夜有否掛著小弟？」

无瑕仍是男裝打扮，嫣然笑道：「還用問？是牽腸掛肚，怕你這小弟逞強玩命，給人卸作十多塊。」

龍鷹笑道：「玩命之要，先在保命，否則何來本錢，竅訣是低買高賣，佔盡便宜，成其玩命的奸商。」

无瑕美目溜到檔主夫婦處去，秀眉輕蹙的道：「看來我們的粥還有一會兒，尚未煮好呢。」

龍鷹坐直身體，伸個懶腰，不由懷念著南詔洱海平原帳內夜夜春色，睡個不省人事的美好日子，可憐魔奔之後，仍未有睡覺的機會，今天怎都要偷個時間，睡他奶奶的一個痛快。悠然道：「煮至天荒地老又如何，有大姐相伴，小弟不愁寂寞。」

无瑕往他瞧來，淡然道：「究竟你還有何事隱瞞，識相的快從實招來。」

龍鷹知她指的是鳥妖一事，在成都之時，他向无瑕詳述與默啜交手的過程，當然是不怕給无瑕知悉的版本，獨漏掉鳥妖此一重要環節。聞得之時，无瑕雖感震撼，但因其時關切的乃如何反殺田上淵，沒作深思。到她將事情轉告台勒虛雲，諸般問題即時浮現，最關鍵性的，是怎辨得到？在這方面「范輕舟」偏不透露一言半語，耐人尋味。

无瑕也關切姊妹侯夫人的生死，曉得她對鳥妖的感情，然而直至今天，无瑕仍沒法聯絡上侯夫人，益發令台勒虛雲一方感到事不尋常。

伴隨「范輕舟」，有個永恆的問題，就是他的表現太過出色，達至無從揣摩。像昨夜般，台勒虛雲的戰術策略，可說完美無瑕，縱未能竟全功，本身仍立於不敗之地，只看能予田上淵的「覆舟小組」多沉重的打擊。

偏是「范輕舟」另有主張，顯示出特立獨行的一貫作風，且別出心裁，想出連消帶打之計，令他和大江聯一方的合作，延續至今。

龍鷹哂道：「我是瞞左，你們瞞右，大家左瞞右瞞，老大勿說老二，大姐勿責小弟，都不是好人來的。對吧！」

无瑕「噗哧」嬌笑，白他一眼，道：「滿口謊言仍毫無愧色，且理直氣壯，范當家確有一套。少說廢話，你究竟說，還是不說？」

龍鷹聳肩道：「須看大姐的態度！」

接著道：「今天我們不是有大事待辦？為何晨早碰頭，卻橫生枝節？」

无瑕歎一口氣，沒再說話。龍鷹腦海浮現當日在陽關外雪地上，侯夫人服毒自盡的情景。

唉！幸好她了結自己，否則他們如何下得了手？然而卻必須下手。戰爭，從未停止過，你爭我奪，互相殘殺，應驗了台勒虛雲對人的看法。以戰止戰，帶來是更大的仇恨，更多的戰爭，顯然非對症的良方，可是卻苦無其他辦法。溯本尋源，問題出在人的本性上，誠如台勒虛雲所言，耐命自私。

人性，體現在大大小小的事情上。

戰爭正是人性的決堤。

粥來了。

兩人各有心事，默默吃著。

吃至一半，无瑕輕輕道：「昨夜若非你重創其中兩人，恐怕我們沒法跟蹤他們到藏處去。」

如此方合理。

每個行動，進和退同樣重要。像田上淵偷襲武三思的大相府，若留下遍府北幫徒眾的屍骸，誰都曉得是北幫幹的，故而事後須令其他人無跡可尋，找不到田上淵的把柄。

龍鷹問道：「他們藏在哪裡？」

早在遷都之前，田上淵在西京購下不少物業，最具規模的是西市東北諸渠交匯處、位於壽延坊的北幫分壇，由龍堂堂主樂彥長期坐鎮。北幫是水路幫會，其總壇位近碼頭區，順理成章。

除此之外，兩市內有他們的店舖，專營水路貨運的生意。

像新加盟北幫的大批突騎施高手，落腳於出潼關前華陰的總壇全無問題，且是位於華陰城外，可輕易隱蔽行藏。到哪裡去都方便，登上泊在總壇碼頭的船便成。

但是，在西京城內卻是另一回事。

可以說，在中土，城池保安之嚴，莫過於大唐天子居於此的西京城，各方面均有嚴格規定和限制，除非偷進城裡來，否則城衛所必有記錄。

陸石夫主事之時，城內有何風吹草動，瞞不過他。

管理西京的最高機構，是京兆府，最高長官是京兆尹，以東、西少尹輔助之。下面還有左、右街使負責六街巡查，每坊設坊正。

故此，即使可瞞過關防，大批生面人入住北幫在西京的分壇，不惹來閒言才怪，除非有人包庇，而即使肯包庇，如此明目張膽，事後追查起來，包庇者也吃不消。

今趟田上淵組成「覆舟小組」，頗大機會是瞞著宗楚客自把自為，藏身處更須萬無一失，事前事後，均不容被發現。

所以无瑕一方能在對方不覺察下探悉其藏身之所，除了无瑕一方盡為頂尖兒的高手，還須借助无瑕的高空探子，方辦得到。

現在聽无瑕這麼說，曉得「覆舟小組」退藏的方法，高明至極。

无瑕道：「總算幸不辱命。他們躲往西市東北漕渠碼頭區外一艘不起眼的貨船上。」

又道：「小可汗認同你的手段，且是萬無一失，但行動須及時，貨船開走，便為賊過興兵。」

龍鷹道：「放心！我的人正枕戈待旦的等著我，得大姐的重要軍情後，吃完這碗粥立即行動。哈！很近呢！走幾步便到。」

无瑕道：「我們在旁監視。唉！田上淵很懂揀地方。」

龍鷹同意道：「任你有多少人，想在水底擊敗田上淵，已是難比登天，遑論殺他。幸好，如他投渠逃命，老田以後都不用在西京混了。」

无瑕道：「你真的有把握？」

龍鷹忍不住調侃道：「大姐是關心小弟，還是關心與北幫的爭霸？」

无瑕白他一眼，道：「兩邊都有。小心眼！」

龍鷹道：「這是情話呵！豈有說得完的？別忘記昨夜我倆定情之吻。」

无瑕嗔道：「哄女兒家，可否哄得高明一點？淺薄輕浮，滿口大話。」

龍鷹摸著肚子站起來，環目四顧。

進入西市的平民百姓，開始增加，逐漸熱鬧。食檔的桌子，食客疏落，卻每張桌都坐有客人。

无瑕陪他站起來。

龍鷹領先朝北走。

无瑕追在他旁，問道：「還未返你的七色館嗎？」

龍鷹道：「哪來時間。對哩！想找大姐，到哪裡去找？」

无瑕道：「仍是老地方。」

龍鷹喜道：「沒其他人？」

无瑕罵道：「勿心懷不軌企圖，不過范當家若要來借宿一宵，放著還有其他房間空出來，人家大概不拒絕。」

龍鷹笑道：「勿怪小弟沒警告在先，情場如戰場，講的是半寸不讓，否則兵敗如山倒，那時孫武再世，李牧復生，恐亦難挽狂瀾之既倒。」

无瑕笑吟吟道：「你怎知人家用的非誘敵之計。范當家好自為之！」

言罷往旁退開，揮手道別，俏樣兒可愛之極、誘人之極。

第九章　計中之計

與无瑕分手後，不到半個時辰，龍鷹部署妥當，於碼頭區一角和符太會合。

碼頭區從沉睡裡醒過來，泊岸的三十多艘大小船隻，開始上貨落貨，離岸處船來船往，在錨泊的逾百艘船間穿插，陽光斜照裡，船帆染上金黃的色光，充滿清晨的朝氣，不動的桅帆和移動中船隻的風帆，互映成趣，然其熱鬧和規模，始終差上身為天下水路交匯樞紐的洛陽一大截。

不住有載貨的馬車進入碼頭區，處處忙碌著的船伕挑伕，提供了兩人隱蔽行藏的方便。

龍鷹指著眾船裡其中一艘，道：「他奶奶的！這就是老田的賊船，虧他想得到藏身船上。」

符太道：「我們有否被老田的眼線發現？」

兩人蹲在一個放滿貨物的竹棚旁邊，指點說話。

龍鷹答道：「該尚未有。哈！剛才我故意被一隊巡碼頭的街衛發現，其中有人還是老相識，和我打招呼，不知多麼客氣。」

符太讚道：「好小子！和范爺你打過招呼後，肯定立即飛報武延秀或夜來深，加上高小子向韋后打小報告，這般的雙管齊下，如老宗仍未醒悟，他以後不用出來混。」

又道：「老田真乖，肯這麼便宜我們。」

龍鷹道：「怎到他不乖？跟蹤他的是新一代的女鳥妖无瑕，操鷹之技直追鳥妖，保證老田今趟連怎樣栽的亦弄不清楚。」

符太道：「若我是老田，關防一開，立即走人，乾手淨腳。」

龍鷹道：「你想得容易。現時風頭火勢，雖說解除了宵禁令，可是城關絲毫沒鬆懈下來，老宗點頭都沒用，名義和實際上由新的京兆尹話事，新官上任三把火。對！誰代替死鬼武攸宜？」

符太道：「是甘元柬那滿肚子壞水的傢伙。」

龍鷹愕然道：「他不是武三思的人嗎？」

符太糾正道：「休奇怪！這傢伙極得韋婆娘寵信，亦絕不存與武三思復仇的雄心壯志，懂順風轉舵之道。韋婆娘非是不想由她韋家的人坐上此位，而是連她自己都說不過去，又不想被老宗的人佔據，因而便宜了官至鴻臚卿的甘元柬。」

又點頭道：「你說得對！若離城前給水防的城衛派人上船查看，兜一轉，發覺載的是面目猙獰、個個賊相的突騎施惡漢，還有人傷重臥床，那即使是北幫船仍沒面子給，通通交官查辦。」

龍鷹點頭道：「要走，須從陸上走，賊船提供的是吃飯休息的處所。咦！船來哩！」

快船駛至，撐船的是乾舜，宇文朔坐在船尾。

就在登船前的剎那，台勒虛雲的聲音傳音入耳鼓內道：「昨夜我親自監視田上淵，除參師禪天亮前乘小船離開外，其他突騎施高手和田上淵全體留在船上，輕舟小心。」

龍鷹和符太並肩坐在船中間，接過宇文朔遞來遮陽的竹笠，掩蓋面目。

宇文朔道：「昨夜娘娘仍不服氣，偕安樂來見皇上，據高大所言，今次是施軟功，又喊又哭，從安樂出身的艱辛說起，逐一和皇上計數算帳，只差未真的上吊。」

乾舜默默操舟，在泊於漕渠上的船隻掩護下，左穿右插，不住接近目標的賊船。

龍鷹道：「君無戲言，一切已成定局，還有甚麼好說的？」

符太道：「你對李顯那麼有信心？」

今早離開獨孤家，龍鷹趁天未大白，以他可達到的最快速度，趕往興慶宮，知會符太今天的行動，再由符太遣人通知在大明宮伺候李顯的高力士，發動計劃。其時萬事俱備，獨欠田上淵藏身的位置。

從无瑕處得悉此最關鍵的情報後，龍鷹與符太在西市門碰頭，對付田上淵的陽謀遂告全面展開，做出相關的部署。

最重要是讓宗楚客曉得「范輕舟」到了碼頭區。

宇文朔冷然道：「問題在皇上清楚此步絕不可退，退！他的李家天下便完了。連像韋捷般的小子，亦不把他的聖諭放在眼內，是可忍，孰不可忍。」

符太問道：「結果如何？」

宇文朔道：「皇上沒說，只著高大找范當家去見他。幸好不論如何變，仍變不動河間王，他的右羽林軍大統領之位坐定了。」

符太哂道：「老宗可以將他架空。」

龍鷹伸個懶腰，道：「老宗可架空任何人，但絕不是老楊。兄弟們！到哩！」

快船從鄰近的另一艘風帆繞過來，離目標敵船不到十五丈，快船加速，於甲板上敵方放哨者的喝罵聲中，斜斜橫過水面，朝敵船筆直射去。

於快船撞上船體前的剎那，四人躍離快船，落往敵船船首甲板上。

在甲板上放哨的五個北幫徒眾，從甲板不同位置，拔出兵刃，毫不猶豫撲過來，同時發聲示警。

「砰！」

快船撞上敵船，發出悶雷般的響聲，雖未能撞破堅固的船頭，仍令敵船劇震。

龍鷹好整以暇的朝船艙入口的位置走過去，符太的「醜神醫」、宇文朔和乾舜從他兩邊搶出，五敵兩三個照面即被撂倒，給擊中要穴，一時沒法爬起來。

「停手！」

田上淵一馬當先的領著七個手下，從船艙入口處出來，面寒如冰，冷然叱喝。

符太、宇文朔和乾舜退返龍鷹左右，成對峙之局。

田上淵背靠船艙而立，七個手下在他身後散開，全為氣度沉凝的高手，遠非放哨的北幫嘍囉可比，卻沒一個似是來自突騎施的好手。

田上淵目光掃過四人，最後落在龍鷹的「范輕舟」處，於回復一貫深邃莫測前，掠過驚疑之色。

若非熟悉對方，龍鷹絕不能從其靜似淵海、不露絲毫波動的情緒，憑田上淵眼神瞬間的變化，掌握到他心內的想法。

今次成功攻田上淵之不備，田上淵的震駭理該如此。

如无瑕所言，他們一方差些兒被田上淵擺脫，沒法追蹤至對方藏身的這艘船上，故而他們能尋到這裡來，在田上淵意料之外。

不過，最令田上淵摸不著頭腦的，是他們四人這般找上門來尋晦氣，可以起何作用。

於田上淵般的才智超絕之士來說，想不通的事，最能令他們心生懼意，故此驚疑不定。

田上淵的目光又從龍鷹處移離，審視橫七豎八躺在甲板上的五個手下，知他們穴道被制，無一人被重創後，揮手示意，後方的手下將人移入艙內。

龍鷹等四人神態悠閒，沒有阻止。

田上淵目光返回龍鷹身上，冷冷道：「范當家，這算甚麼意思？」

龍鷹微笑道：「我們能尋到這裡來找田當家，田當家該清楚是怎麼一回事，少說廢話。」

田上淵冷哼道：「對寒生來說，范當家現在說的，全為廢話。國有國法，范當家若要將江湖那一套，搬到西京來，就是目無皇法。」

符太啞然笑道：「你來和我們講皇法，是荒天下之大謬，你認也好，不認也好，新仇舊恨，這盤帳和你算定了。」

在田上淵言之，醜神醫的「新仇舊恨」，舊恨不外三門峽的伏擊，新仇或許指昨夜狙擊范輕舟一事，卻不知符太的舊恨，遠溯至符太仍是大明尊教內一個微不足道的徒眾之時。

宇文朔從容道：「眼前兩條路，一是一起上，或來個單打獨鬥，任田當家選擇，我們莫不奉陪。」

田上淵雙目閃過不屑之色，「明暗合一」大成後，他壓根兒不把他們放在眼內，否則豈敢在三門峽的中流砥柱，以一人之力攔截他們，縱未成功，原因不在他武功的高下，而是被人擾亂，致功虧一簣。

昨夜之未能得手，在乎「范輕舟」策略得宜，溜得夠快，令他空有絕世神功，無從發揮。

於他而言，是恨不得有單打獨鬥的機會，讓他可憑一場決戰，看天下水道誰屬。

唯一不解者，是范輕舟沒理由不曉得他的厲害，竟肯這樣便宜他？

龍鷹等四人，則是醉翁之意不在酒，現時輪番說話，意在拖延時間。

田上淵啞然笑道：「御前劍士言下之意，是否寒生可在你們四人裡，任挑一人進行決戰？放心！你們雖一意與寒生過不去，寒生卻沒絲毫怨怪之心，雖然尚未了解誤會出在何處，可肯定的是遭人陷害，故此寒生點到即止，以免誤會加深。」

他的策略，也是唯一可採的策略，是矢口否認，否則宗楚客和韋后聯手，仍保他不住。

乾舜淡淡道：「田當家敢否讓我們搜艙？」

田上淵大奇道：「為何寒生要讓乾兄搜艙？搜甚麼？」

乾舜哂道：「正是要看是否一場誤會，昨夜有人行刺范當家，給范當家直跟到這艘風帆來。范當家已將此事稟上皇上，皇上大為震怒，立即下令御前劍士手持『尚方寶劍』，隨范當家來擒拿欽犯。」

宇文朔接下去道：「豈知登船後，竟發覺田當家在船上。乾世兄是為田當家好，怕田當家在不知情下，犯上窩藏欽犯的殺頭大罪，所以田當家該感激乾世兄才對。」

田上淵的目光不由落在宇文朔掛在腰間的佩劍去，只恨他像龍鷹、符太般無知，不曉得「尚方寶劍」該是何制式模樣，如此隨便掛著，是否合乎規法程序。

他終曉得對方有備而來，且掌握情況，清楚他的一方潛進一批突騎施高手，如被根查，他跳進黃河仍水洗不清。

田上淵目現殺機，冷笑道：「實在欺人太甚！不論何事，自有寒生擔當。諸位一是離開，一是動手。」

龍鷹歎道：「田當家是否出來混的？小弟早有言在先，著你老兄少說廢話，偏無一句不是廢話，最後還不是須動手見真章？」

說話時，他的感應全面展開，監察艙內情況。

田上淵的七個手下，把五個受創者送返艙內後，並沒有回到甲板上，可知這些高手，乃田上淵親信，曉得他們一方的破綻弱點，在乎不可暴露身份的突騎施高手，而唯一應變之計，是立即作鳥獸散，不被當場逮著便成。

剛才田上淵向手下們做出的手勢裡，其中一個必隱藏著緊急應變的暗號，只待田上淵進一步的指令，否則好該回來助陣。

早前符太等三人，雖然下手有分寸，沒弄出人命，但下手頗重，令五人在短時間內不可能回復過來，增加敵人的牽累。

在龍鷹魔種的靈奇感應下，以清晰度言之，艙內敵人，可分為四組。

第一和第二組為五個傷者和曾現身的七個高手。另兩組均處於潛藏的狀態，一組比一組厲害，顯示出武功修為的高下。

此兩組共十三人，其中八人逃不過龍鷹的掌握，雖蓄意隱藏，卻瞞不過龍鷹的靈應，至乎能掌握他們每個人的位置、武功的高低。可是，另五個人，是在龍鷹思感範圍之外，乃一等一的高手，龍鷹憑直覺感知對方，如一個個模糊的影子，藏在暗黑裡，若隱若現。此五人，才是他們今次的目標。

龍鷹的知敵，關係到今次行動的成敗，若誤中副車，拿下的非是突騎施高手，勢被田上淵反將一軍，吃不完兜著走。

現時的處境，絕不利於田上淵，而他必須將形勢扭轉。扭轉之法，惟有動手。

如此形勢，正是龍鷹等四人一手營造出來。

他們逼田上淵先動手。

田上淵聞言，沒絲毫被龍鷹激怒的表情或內在的情緒波動，反變得深沉了，雙目閃動著奇異的芒采。

符太哈哈一笑，道：「田當家有種，竟是要將我們四人一手包辦。」

田上淵雙目立現掩藏不住的驚駭之色。

龍鷹、宇文朔和乾舜的駭異，實不在田上淵之下，田上淵微妙的轉變，三人只以為他在提聚功力，茫然不覺他氣場上的變化。只是瞞不過符太，由此可見「明暗合一」大成後的田上淵，其氣場如何與別不同，連龍鷹也著了道兒。

下一刻，田上淵動手了。

他先是雙手收往後背，接著一股無形的壓力，像個大鐘般從上覆蓋而來，把四人籠罩其內。

來得如此突然，事前不現半分徵兆聲息，確為一絕。

三人雖得符太預警，仍然有措手不及的感覺。

同一時間，以龍鷹之能，亦微僅可察的感應到五個突騎施高手，從艙尾離開，投水遁逃。

忽然間，主動權盡入田上淵之手。

他的氣場不單將四人牽制，還使他們耳目失靈，若非龍鷹不受任何力量約束的魔種靈覺，將掌握不到五個突騎施高手的動靜去向。

田上淵背著他們的一雙手，打出了應變行動的訊號。

田上淵此著最厲害處，是反過來逼四人動手解其氣場之困。

誰先動手？將成事後問罪的罪證。當然，那是指龍鷹一方未能活捉至少一個突騎施高手的情況下。若有人證在手，動手的先後，不關痛癢。

符太動了。

「醜神醫」冷笑一聲，忽然旋動，一股奇異的力量，隨他的旋動擴展，若如將罩著他們無形卻有實、覆鐘般的氣場掀起一角，感覺古怪之極。

「鏘！」

就在田上淵氣場轉弱的剎那，宇文朔跨前一步，同時手握佩劍，抽出少許，沒拔劍離鞘，但一股龐大無匹的劍氣，直往田上淵潮沖而去。

龍鷹左右晃動一下，像尾魚兒要掙脫纏身的魚網般，下一刻已脫網而去，朝前彈射，越過田上淵、船艙，往船尾的方向投去。

符太則往後退，此退大有學問，竟能將田上淵的氣場硬是扯往他的一方，如進行拔河的比賽。

乾舜往一邊移開，為宇文朔壓陣。

激戰一觸即發。

第十章　水下惡戰

龍鷹一個空翻，落往船尾，雙腳觸處，為邊緣位置。

此刻他必須下決定，擇而噬之，在借水遁的五個突騎施高手裡，選哪一個倒楣的？

對方落水的共六人，五人為目標中的突騎施高手，一人為北幫在西京熟悉水性和環境的人員，負起導引之責，否則人生路不熟的突騎施高手，將變成在水裡亂撞亂闖的「瞎子」，不知該逃往何處去。

以常理推斷，若他們是田上淵於河曲之戰時從河套接回來的，他們在中土的日子，不過三個月的光景。

出身大漠的高手，大多不熟水性，縱然加盟北幫，立即進修水裡的功夫，然因時日尚淺，未成氣候，在水底各方面的能力，均大打折扣。

龍鷹現時找尋的，是五人裡水性最不濟的那一個。

念頭一閃，掌握目標。

彈射！

龍鷹竭盡全力，斜沖往上，越過十七、八丈的距離，又滑翔多二丈許，方彎往水去。投點剛好將敵方六人，分中切斷。

離水面尚有半丈的位置時，龍鷹左右開弓，積蓄至頂峰的兩球魔氣，脫拳而出，直衝水裡去。

「蓬！蓬！」

兩股水柱彈空而上，拳勁硬在水裡撞出陷進去的渦漩，聲勢駭人。

在這樣的情況下，主動權操持在龍鷹手裡，敵人一是硬擋，一是硬捱。換過在陸上，不可能出現如此一邊倒的情況。突變忽然臨頭，欠缺如龍鷹般知感能力的敵人，整體實力雖比龍鷹強大，卻受水的限制而只能各自為戰，散沙一盤，予龍鷹逐個擊破的良機。

然高手確為高手，於龍鷹出拳之際，已有所覺，自然而然往兩邊散開，豈知正中龍鷹下懷，方便他「擇肥而噬」的戰略。

敵船那邊，傳來連串勁氣交擊之音，顯示宇文朔和田上淵動上手，也表示田上淵難以分身干涉。

整個行動巧妙之處，是逼突騎施高手借水遁離。

換過在陸上，即使實力足夠，要殺其中之一，或可辦到，但來個生擒活捉，絕不可能。五個突騎施高手，均屬頂尖級數，與同為突騎施人的參師禪所差無幾。想想直至今天，龍鷹多次與參師禪交手，仍沒法取他性命，更勿說活捉，便知今次的任務多麼艱鉅。

若剩是龍鷹一人，又在不利對方的水底，對活捉其一，仍無把握，幸好有符太來個前後夾攻，可憑他的「血手」立此奇功。

水面現出劇烈波盪。

龍鷹觸水的剎那，竟然還能憑側滾煞止斜插入水的勢頭，落往另一邊去，避過一敵在水裡斬劃過來的水刺。若落勢不變，水刺將劈掃他耳鼓的部位。

龍鷹沒入水裡。

揮刺者該為其他五人的導引，六人裡他最熟水性，水內功夫了得，最接近龍鷹，故可及時應變，反擊龍鷹。

其他五敵，三人散往兩旁，看樣子便曉得他們慌惶失措，不但沒法掌握情況，還亂了方寸，不知該逃往何處去，更怕龍鷹只是先鋒，尚有接踵而至的敵人。

另兩敵情況迥異。

一人正拚命般的升往水面，因硬架了龍鷹其中一拳，震得他血氣翻騰、眼冒金星，再沒法運轉閉氣下的內息，急需冒出水面換氣，一時失去了戰鬥的能力。另一人剛好相反，雖能及時封擋龍鷹的拳勁，卻被魔氣送往近二丈深的河床底去，翻滾不休，冒出大量氣泡，不知硬吞了多少口河水。

水刺擗胸而來。

三個沒受傷的突騎施高手，竟不開溜，從其位置朝龍鷹圍過來，擊拳、劈掌、出指，雖受水阻，用不上陸上一半的勁道，兼之無著力處，殺傷力大減，可是三人配合北幫諳熟水性的夥伴，對龍鷹形成威脅。

如在地面，龍鷹唯一應付的辦法，是避開去，以免敵人可成合圍之勢，但在水裡，卻有完全不同的應付之法。

魔氣爆發，同一時間，龍鷹陀螺般急速旋動。暗湧激流，於眨眼間被炮製出來，以龍鷹為中心，往四方八面擴散，影響的是六敵的每一個人，便宜至極。既化去對方攻來的水刺和氣勁，還沖得圍上來的敵人往外盪開去。

同一時間，龍鷹下旋往河床。

愈往下，水壓愈大，對方愈難展開手腳，利用水內的特殊環境，龍鷹玩敵於股掌上。

往上冒升者的頭剛探出水面，大口急速喘息，一時失去了戰力。

往下沉者觸底後彈上來，仍在翻騰不休，比冒上水面者遠有不如。龍鷹對這傢伙特別照顧，正因在六人裡，此人水性最不濟事。

持水刺的高手毫不氣餒，頭朝往龍鷹，先弓起身體，猛一伸展，如箭矢般往不住落往河底的龍鷹直撞過來，今次他有備而來，龍鷹再難重施故技，以暗湧將他推開去。

此人同時揮手，示意其他人往西岸逃遁。

龍鷹停止旋動，心中對此敵手生出敬意，此人肯定是田上淵的得力手下，忠心耿耿的親信，明白不可讓突騎施高手有任何閃失，故奮不顧身的來纏自己。而此君確武功高明，水底功夫尤為了得，龍鷹自問要擺脫他，不是可輕易辦到。

以水底功夫言之，此人實在他龍鷹之上。幸而，符太離他們的水底戰場，已不到三丈，且辨認出誰是「肥羊」。

龍鷹腳尖撐在河床處，斜沖而上，迎向拿水刺的北幫高手。

快迎上水刺高手的當兒，那人竟在水下來個翻騰，改變勢子，往落難的「肥羊」射去，令龍鷹撲空。

龍鷹立即心生異樣。

須知龍鷹的魔種靈覺，遠超一般高手，特別在水的環境內，一切被水連結起來，沒可能覺察不到對方的變化，然事實如此，他確掌握不到對方的「醉翁之意」。

由於水刺高手離落難者不到丈半，肯定可趕在符太之前對其施以援手。符小子的水底「血手」加「橫念」固然厲害至極，但以水底功夫論，卻為新丁，得三門峽和河套兩趟經驗，遠及不上龍鷹，嫩無可嫩，給對方憑諳熟水性，成功救人離開的可能性頗大。

此時，五個突騎施高手，四人竭盡所能，以他們能達到的速度，朝西游去，曾冒上水面換氣的高手，明顯落後，該未從龍鷹在水面攻擊水下的創傷回復過來，離龍鷹約二丈遠，距離不住拉開。

落難的「肥羊」穩定下來，觸底後朝上彈升，情況一如另一受創高手，因不能運作內息，須浮出水面換氣，順便將誤灌的河水嗆出來，以回復部分戰力和逃走的力氣，否則便是「遇溺」。

危機同時出現。

田上淵正從他那艘賊船潛游趕來，落後符太約五丈許，速度在符太之上。

正如田上淵沒法纏死他們四人，宇文朔亦沒法逼田上淵留在船上。

以田上淵之能，即使換過龍鷹，仍自問沒法在船上的環境裡纏死如他般的不世高手，何況船上敵方高手如雲，老田只要將宇文朔逼在一個足夠的距離外，可命手下大群從艙口蜂擁而出，狂攻宇文朔和乾舜，自己則抽身退走，趕來救人。

田上淵比任何人清楚，五個突騎施高手絕不可見光，深明其中的輕重緩急，故此不顧一切的趕來。

如果龍鷹一方的目的純為殺人，此刻龍鷹可和符太夾擊水刺高手和落難者，前者或仍可憑超卓的水底技藝開溜，落難者肯定沒命。但要活捉落難者，勢不能下重手，水刺高手拖延得少許時間，捱至田上淵趕來，情況將變成另一回事。

何況龍鷹尚有兩個憂慮。

第一個憂慮，是水刺高手見勢不妙時，來個殺人滅口。此想法肯定非過慮，因龍鷹感應到水刺高手心內的殺機。

追隨田上淵者，像練元、郎征等，莫不是窮凶極惡之輩，殘忍好殺，物以類聚的道理也。這類人不念情義，當發覺事不可為，絕不犧牲自己，而是犧牲別人。

另一憂慮，是怕符太仇人見面，份外眼紅，一旦與田上淵對上，來個至死方休。

諸般念頭，閃過腦海。

刻不容緩下，龍鷹於剎那之間，完成三個動作。

右掌下劈，擊往離他雙腳約半丈的河床實地。

左掌上托，推動一股水流激湧，沖往追在隊尾，離他三丈許遠受創未癒的突騎施高手。此招表面看似一擊，卻是將魔氣分為三截，一股追一股的攻敵而去，暗含妙著。

最後的動作就是嘗試在水裡，向游近至離他二丈許處的符小子，傳出重要訊息。他未曾試過在水裡發聲，以前在三門峽或河套的河水裡，憑的是「借木傳氣」，靠的是雙方間近乎心意相通的默契。

今趟的情況複雜多了，除了須著符小子配合他的應變之計外，還要打動他，免掉符小子受不住誘惑，去與田上淵進行後果難料的生死戰。小不忍，亂大謀。那時龍鷹只有放棄計劃，掉轉頭去助符小子，徒令田上淵能從劣勢下，毫無損失的全身而退。

龍鷹驟然改向，升高不到二尺，口吐魔氣，於水裡形成大氣泡，朝符太以束音成線，喝出真言道：「殺人滅口，護我！」

氣泡升走時，聲音以波動的形式，震盪河水，往符太投去。

再升三尺，符太收到訊息，往他望來，見他改變去勢，目標明顯為逃在四人隊尾的突騎施高手，心領神會，兩手發力，箭矢般往他投來。

龍鷹放下心頭大石。

最能打動符太的，是「護我」兩字，「殺人滅口」，道盡可能出現的新形勢。

動之以情，服之以理。

對方若有壯士斷腕之心，即使有突騎施高手人質落入龍鷹之手，對方仍可毫不顧忌的來奪人或滅口，人質將反成負累，龍鷹便急需符太的「護我」，否則功虧一簣。盲的也看出水刺高手非善男信女，有他助全速趕來的田上淵，二對二下，人質肯定沒命。故此符太必須放過水刺高手和落難者，趕去和龍鷹會合，趁田上淵未追上來前，往碼頭區撤走。

一旦立足實地，何懼田上淵？

「砰！」

成為新目標的突騎施高手，非常了得，雖受創於前，刻下又亡命逃走，仍感應到龍鷹的遠程攻擊，竟懂來個水內跟頭，雙掌疾推，封擋與水結合的魔氣。

水柱往兩邊洩瀉，那人不晃半下，夷然無損，且遊刃有餘。可是來不及慶幸下，另一狂湧殺至，登時著了道兒。

換過在陸上，突騎施高手不可能不濟至此，竟沒察覺龍鷹的攻擊一浪疊一浪，分作三重，然在水內，卻受水的波盪影響了察敵的能耐。

「砰！」

目標高手倉卒應變下，二度封擋。

論戰略，龍鷹的首擊為下駟，對的是目標高手全力以赴的上駟。第二擊為上駟，對的是對方倉忙應變的下駟，即使兩人旗鼓相當，吃虧的只可能是突騎施高手，何況對方受創在先，實力又差龍鷹一截，立吃大虧。

差些兒噴血下，那人給沖得往後疾彈，整個人給送出水面，拋上離水面逾丈的半空。

第三擊的中駟接踵而至，化為沖出水面的狂猛水柱，朝被拋離河面的倒椙高手撞上去。

他倒椙在變成了龍鷹的新目標，其命運落入龍鷹之手，不論三個遠去的族人、水刺高手，又或田上淵，均遠水難救近火。

龍鷹繼續朝其落點斜升上去，離他最近的，是趕來「護他」的符小子，離他不到二丈。

仍在空中的目標高手，身不由己的在空中翻滾，失去三度出手封擋的能力，只能憑護體真氣，硬捱龍鷹的水招。

「嘩啦」一聲。

水柱命中他的背脊，幾將他的護體真氣粉碎，不過他確功力深厚，噴出一口鮮血後，乘機來個翻騰，借力投往三丈外的水面，望能逸出險境，是一等一的高明反應。

他們早前對田上淵實力見底的想法，流於武斷，實情為田上淵的北幫內，臥虎藏龍，這五個突騎施高手屬特殊情況，乃新來的外援。可是像眼前的水刺高手，又或龍鷹於大運河的揚、楚河段上，費九牛二虎之力方殺得死的雙斧手，雖名不見經傳，然均可歸入一流高手之林，一對一下與龍鷹仍非無一拚之力，配合夥伴可予龍鷹威脅。

但是，論戰術，比之龍鷹這位用兵如神、軍事才能冠絕天下的名帥，則是差遠了。

龍鷹是故意讓他逃得更遠，令水刺高手和田上淵難施援手。

新目標仍在水面上方翻騰之際，水刺高手已與本為「肥羊」的落難者，升上水面，水刺高手目睹著龍鷹的新目標投往西北遠方，還以為他脫困，忙領著完成換氣的被救夥伴，朝西游去。

此時田上淵追至離符太後左方三丈許的位置，在水裡見龍鷹迅似游魚的朝新目標的落點潛泳過去，心知不妙，也不知他如何發力，忽然加速，先往下潛，直至河床，然後貼著河床，往新目標落點飆刺而去。

一切盡在龍鷹的計算裡。

新目標去勢已盡，投往水面。

龍鷹最接近其落點，當目標高手落水的剎那，他離對方將不到一丈，乃最佳的攻擊位置。

此招是從練元處學來。

當日他從下沉的走舸投往運河，意圖追殺練元，差些為練元所乘，便學曉人在落水的一刻，既反撞又包容的水，能將入水者的感官、感覺，一下子全部沒收，令人出現感覺的「中斷」。當時若非龍鷹能在水面上察覺水底的動靜，給練元利用此「中斷」狙擊突襲，肯定吃大虧，但亦絕不好過。

現在，龍鷹就是趁目標入水時的「中斷」，一舉制敵，否則讓田上淵及時趕來，今次的行動，勢告泡湯。

「蓬！」

突騎施高手掉進水裡來。

第十一章　讓出戰果

目標高手落進水裡的剎那，肯定竭盡所能運起護體真氣，以硬捱龍鷹另一重擊，豈知及體的是龍鷹尖銳的指風，命中的是他的脊椎，用的是小有所成的「至陰無極」，至陰柔的道勁，沿脊椎骨兩邊經絡，直侵後腦，沉進水時，已不省人事，昏迷過去。

田上淵的攻擊來了。

龍鷹雙手盤抱，發出另一股氣勁，又將被俘擄關係重大的人質，從遇溺狀態送離水面，今趟更徹底，對方如人球般被送得拋往三、四丈外的遠處去。

此時符太離目標高手落水的位置不到一丈，比龍鷹還近上二、三尺。

田上淵在符太的左後側，離符太尚有二丈，離龍鷹則只丈半，他的攻擊，龍鷹首當其衝。

此為龍鷹有意為之下，一手炮製出來的水底形勢，一番苦心，令符太沒法和田上淵在水下直面對決，分出生死。

向符太打出由他接收人質的手勢後，雙手飛快撥動，形成螺旋狀的水柱，朝田上淵推過來的無形水球，硬鑽過去。

猶記得當日在三門峽的水底，田上淵以「水刀」切斷无瑕貫滿真氣的長布帶，用勁之細緻，令人咋舌。

如給老田逼近身來，用的是如斯精緻細膩的水下「血手」，龍鷹自問難以匹敵，故必須敬而遠之，拒他於足夠的距離外。

符太該不察覺龍鷹用心良苦，見龍鷹難以抽身，驀然發勁，將潛速催往極限，水箭般越過龍鷹後背，追著昏迷了的人質另一落水點去了。

田上淵就在離龍鷹丈半的位置停下來，直立水中，頭髮漂蕩，雙目精芒大盛，兩手舉在胸前的位置，不住顫震，遙控著送來的「水球」。若如腳踏無形的高蹺，撐著河床的實地，固定在水裡。

田上淵後方六丈遠處，宇文朔正飛快潛游趕來，更遠處是乾舜，他的水內功夫，比起宇文朔，差了大截。

龍鷹放下另一件心事，全神貫注於田上淵的「血手」攻勢。

今次的成敗，還看龍鷹如何應付眼前田上淵蓄滿勢子下的全力一擊。

如在地面上，田上淵敗勢已成，回天乏力。可是在水下，是另一回事。

須知符太接著重落水裡的俘虜後，各方面均受到拖累，要將昏迷過去的俘虜頭部保持在水面上，免遭溺斃，任符太如何了得，仍只有泅水離開一法，際此離碼頭百丈開外的位置，返岸需時，只要田上淵能掃除龍鷹這頭攔路虎，後發先至，趕上挾俘虜而游的符太為必然的事，搶人困難滅口易，以符太的為人，肯定棄俘以和老田大戰一場，那龍鷹竭力避免兩強間的一戰，始終發生。

可以推遲此終須的一戰，乃明智之舉。兩人戰至分出生死的可能性幾不存在，因有龍鷹和宇文朔趕來，但是，在沒辦法保留下，符太將洩露底細，那時田上淵不懷疑「醜神醫」乃符太扮的才怪。

俘虜遭滅口，又洩出絕不可洩露的事，等同「賠了夫人又折兵」，毫不划算。

幸而龍鷹守得住防線便成。

方法為以己之長，制敵之強。

靈覺全面展開，一絲不漏把握老田的攻擊和心意。

與其說是一球「血手」的水內氣勁，更精確的形容，是老田運用高妙的正反力道，催生出來一團球體狀的暗湧激流，徑達一丈，擊中龍鷹之時，任他在陸上如何威武，仍沒法抗拒水的物性，給強大至不可能抗拒、不斷添加威力的旋動狂流，拋擲一旁。

依龍鷹的直覺感應，當被命中，水球將爆開來，產生的水底狂飆，令他身不由主的拋擲開去，沒五、六丈，休想回復自主，那時田上淵早追上符太。

尤可怕者，是田上淵與水球有著奇異的連繫，若龍鷹試圖避開，水球會在水力的牽引下，窮追不捨，直至擊中他。

他不明白老田如何辦得到，因他不懂「血手」，但感覺確然如此。

封擋、硬撼、卸瀉等手段，面對水內具爆炸性的一團「血手」激流，均徒勞無功，動輒被與渦漩結為一體，老田功行圓滿、「明暗合一」的「血手」氣勁重創。

故此龍鷹反制的手段，非以硬碰硬，而是利用魔氣的特性，將水轉化為更巧緻的能量束，憑雙手精微的動作，形成螺旋前進，渦漩和持續的水勁，鑽進敵人的水球內去，硬是鑽出個「水洞」來，如面對堅壁，破開孔穴通道。

下一刻，龍鷹浮起，身體與河床平行，兩腳一曲一伸，靴底勁發。

本來穿上靴鞋，在水內難以游動，然像龍鷹般級數的高手，因能腳底生勁，不受此限。

「颼」的一聲。

龍鷹以電光石火的高速，穿過鑽空的水穴，在另一邊射出來。

越過之際，全身如被刀割，痛入心脾，全憑「至陽至剛」的魔氣護體在外，「至陰至柔」的道勁守護於內，方免去被重創之災，仍多少受了點內傷，可見田上淵的水底「血手」，殺傷力如何可怕。且多得疾衝時帶起的水流，化去及體具強大損壞力的「血手」氣勁。

倏忽間，與田上淵相距不到一丈，四目交投。

田上淵雙目現出難相信眼睛的古怪神色，逝去後代之而起是淩厲銳利的眼神。

在老田發動第二輪攻擊前，龍鷹一個水內翻騰，煞止去勢，釘子般釘往河床，看也不看的雙手盤抱，送出一股水流，朝對手捲旋而去。

龍鷹的戰術，就是不容對方爭得主動權，更避免在水下與「明暗合一」大成的老田纏鬥，因知佔不到便宜。

直至這一刻，不論水上、水下，他仍未有破「血手」之法，但在阻敵、制敵上，卻仍遊刃有餘，正是以己之長，克敵之強的手段。

符太此時剛接收了落水的俘虜，以他可達至的最高速度，泅往碼頭區，龍鷹能再拖著老田片刻，行動將大功告成。

宇文朔來勢極快，離田上淵後背不到三丈，下一刻可進入威脅老田的範圍。乾舜落後宇文朔二丈有多，努力趕來，明顯不能左右形勢的發展。

千萬個不情願下，位於龍鷹前方高上七、八尺位置的田上淵，實沒法不理會龍鷹迅捷狂猛的盤旋水勁，也使他處於進退兩難之局，如依勢格擋，任他在水內有何神通，仍不可能違反水性，給立在河床實地的龍鷹，送往後方，由不住接近的宇文朔殷勤招呼款待。

田上淵一個翻騰，姿態曼妙無倫，似緩實快，讓人生出看得清晰，事實上半點掌握不到，快慢難分的錯覺。接著兩腳一撐，撐在龍鷹水擊的邊緣位置。

龍鷹心呼糟糕時，田上淵借力朝符太和人質的方向疾射，同時噴出一團血花，以化解借勁時入侵的魔氣。

眼看攔截之計，功敗垂成之際，御前劍士出手，擲出他的「尚方寶劍」。

宇文朔的劍，確為李顯所賜，表彰他河曲之戰的功勳，它是否可先斬後奏的「尚方寶劍」，就看斬了人後，李顯肯否承認。然而，佩在御前劍士身上，本身大有「先斬後奏」的味兒。

現時他們和李顯的關係為唇齒相依，李顯支持他們，等若支持自己。故任他們胡謅甚麼「尚方寶手」、「尚方寶劍」，不虞犯上「欺君之罪」。

如長劍筆直射出，不論如何貫滿真氣，對田上淵實威脅有限，伸腳一撐便成，反可被他可二度借力，藉反震提速，因加得減。

故而宇文朔在手法上巧用心思，把長劍擲得旋動如參師禪的飛輪，風車般轉動著橫過逾二丈的空間，後發先至的追上田上淵，似其旋轉絲毫不受水的阻力影響，凌厲至極。

此際田上淵形成去勢，如若閃避，須改變勢子，等於宇文朔成功截著他。

龍鷹心裡大聲讚好，豈敢遲疑。

彈射。

龍鷹從河床斜沖而起，朝離他距離拉開至三丈的田上淵飆刺而去，取的是田上淵前方丈許遠的位置，只要對方因避劍而稍慢下來時，可趕往老田的前面去。

這場俘虜爭奪戰，各師各法，互展所能，直至此刻，尚未分出勝負。

下一刻，田上淵往河床沉下去，兩手往前抓去，龍鷹來不及高興，他已憑抓著河床實地，獲得新動力，於離河床三尺許的高度，水箭般繼續挺進。

宇文朔的長劍旋過他上方，逐漸失去動力，沒往水內遠處去。

龍鷹抵達目標位置時，駭然發覺田上淵非但沒因閃躲而延誤，還離他多上半丈。貼水底疾飆的田上淵，離在水面挾人質泅水的符太，不到六丈。

形勢比之剛才，更不利龍鷹一方。

誰想過田上淵在水下如此靈動如神，詭變百出，著著領先。

龍鷹失諸交臂，來到田上淵大上方，還要於離水面五尺處翻跟頭，方能重拾朝前追趕的勢頭，延誤令他落後多近丈。

宇文朔此時追至他背後，卻只能陪他一起徒呼奈何。

此時田上淵追近至離符太約四丈，即將進入最佳的攻擊位置。從水內攻擊水面的符太，本已佔盡優勢，何況佔上河床實地之利，優勢更大幅向老田傾斜。

於此形勢極度嚴峻的當兒，前方水面上的符太，別頭探往水裡來，醜臉在透水映進來的陽光照射下，特別清晰，現出個詭異的笑容，騰出手來，反手像槳子般在水裡撥了一下。

龍鷹和宇文朔目前最渴望的奇蹟出現了，符太和人質不但立即改向，還升上水面，滑翔而去，迅似游魚，速度明顯在水下的田上淵之上，一來因符太蓄勢而為，更因水面上的阻力，遠低於水下。

田上淵連忙改向，已遲了一步。

同一時間，十多艘快船從符太滑往的方向駛過來。

姍姍來遲的夜來深，終於到了。

快船泊往官家碼頭，符太親手將人質押上岸，夜來深沒說話下，岸上的百多個官兵，無人敢干涉阻攔。

醜神醫位低卻權重，舉城皆知。何況還有宇文朔的御前劍士壓陣。乾舜雖為世家大族的名人，在這樣的情況下發揮不到作用，龍鷹的「范輕舟」更不用說，沾不上邊兒。

夜來深親切的牽著龍鷹濕漉漉的衣袖，到一旁說密話，問道：「究竟發生了甚麼事？」

龍鷹破口罵道：「他奶奶的，田上淵由始到終要置小弟於死地，以前的事我已不和他計較，豈知昨夜又埋伏在我返興慶宮之路，十多人來圍攻小弟，雖蒙頭蒙臉，可是化了灰我也認出是誰。幸好小弟命大，突圍逃去，且來個反跟蹤，尋得他們躲在一艘船上，遂聯同幾個兄弟去尋老田的晦氣。他奶奶的！現在有人落入我們手上，更明顯非我們漢人，待我們來個嚴刑拷問，然後稟上皇上，看老田如何脫身？」

夜來深乾咳一聲，道：「可否賣來深一個情面？」

龍鷹訝道：「怎樣的情面？」

夜來深苦笑道：「說到底，碼頭區歸我們的老朋友武延秀管轄，與來深無干，有事發生，交人的不是延秀而是別人，屬失職。希望范當家明白。」

龍鷹心裡好笑。

勿小看這個突騎施俘虜，可牽一髮動全身，將宗、田兩人整個陰謀佈局抖露出來，關係重大，夜來深來搶人，意料中事。

微笑道：「小弟只明白少許，老兄可否說得坦白點，免小弟犯錯。」

這番話坦白直接，表示了對宗楚客的誠意，而非要和老宗對著幹。

現在就看夜來深，也是宗楚客的態度。

這就是政治，乃在西京最有效的辦法，絕不是硬撼硬，鬧個不可開交。

老田聚眾狙擊「范輕舟」，班底以新加盟的突騎施高手為骨幹，均瞞著老宗進行，自把自為，加上以前的暗通突厥，老宗看在眼裡，記在心頭，不進一步疏遠老田才怪。能取田上淵而代之者，莫如「范輕舟」。

此招四兩撥千斤，同時削弱老宗和老田的實力。

龍鷹憑此說服台勒虛雲和无瑕。

夜來深沉吟片刻，道：「范當家肯這麼說，是把來深和延秀視為兄弟，來深絕不忘記。若得此人，來深會將他押至大相前，由他發落。」

見龍鷹瞪著他，忙補多一句，道：「這個傢伙大概活不了。」

龍鷹探手抓著他肩頭，道：「明白哩！他是因既負創在身，又多喝了幾口渠水，兼身子虛弱，於押送途上一命嗚呼，對吧！」

夜來深鬆了一口氣，道：「我會向大相如實上報。」

又擔心的朝「醜神醫」、宇文朔瞥兩眼。

龍鷹道：「夜兄放心，我和他們合作慣了，懂得如何向他們解釋。」

稍頓，續道：「我們對外的口徑必須一致，就是我們忽然遇襲，反擊下擒得對方一人，遂將他移交兆尹處理，再由兆尹送交大相。」

夜來深仍未釋懷，道：「王太醫從來不賣任何人的帳，宇文劍士亦是特立獨行之人，竟然不但肯交人，還守住秘密？」

龍鷹頭痛起來，若不小心應對，宗楚客事後想起，會懷疑他們三人的關係，尤可慮者，是台勒虛雲亦因而生疑。

「范輕舟」憑甚麼，可令桀驁不馴者如王庭經、宇文朔之輩，對他唯命是從？

每每在這些容易忽略的細節，龍鷹洩出己方的秘密。

龍鷹壓低聲音，含糊的道：「小弟當然不說實話，放心，我懂怎麼說哩！這是個信任的問題。」

又道：「來！」

夜來深半信半疑的隨他朝符太等三人和俘虜在處舉步走過去。

符太見他們走過來，不耐煩的道：「有何不可告人的事，須說這麼久的？」

夜來深慌忙道歉。

龍鷹道：「我們將人交給少尹大人，就是這麼多，如何？」

宇文朔不悅道：「那以後的事，還到我們管嗎？」

龍鷹陪笑道：「就當是賣一個人情給小弟。如何？」

又故意在夜來深眼底下，向兩人大打眼色。

符太和宇文朔知機的再不說話。

龍鷹向夜來深打個眼色，道：「人交給少尹哩！」

第十二章　退求其次

龍鷹於返宮途上，得台勒虛雲傳音指示，離隊到東大寺附近另一間寺廟的後園，密會此平生勁敵。

寺廟香火不盛，得二、三善信在上香祈福。

台勒虛雲負手立在後園一個小魚池旁，默觀水內游魚，趣味盎然，全神貫注。

龍鷹心忖如能曉得他可怕的腦袋現時轉動著的念頭，自己將可立於不敗之地，然而有利有弊，當凡事均可確定，人世間將變得沒有樂趣。

來到他身旁，台勒虛雲閒話家常的道：「輕舟憑甚麼說服宇文朔和王庭經？」

此為龍鷹答應交人給夜來深時，夜來深的疑問，故此早擬好令人信服的答案，提供予此當世智士。

道：「是痛陳利害。若我們拒不交人，將俘虜押返宮裡，逼他招出所有事情，結果如何？時機未成熟下，逼虎跳牆，令宗楚客不得不站在田上淵的一邊，他們勢鋌而走險，那時我們挑戰的，將是整個韋宗集團。」

台勒虛雲仍目注魚池，雙目現出深思之色。龍鷹自問智力和識見及不上他，實無從揣測他腦袋內對自己說詞的看法。

接下去道：「反而退求其次，大可能達到分化離間之效。要拔掉田上淵，首先須令田上淵失去宗楚客這個大靠山，否則一切徒勞。」

台勒虛雲喃喃唸道：「退求其次！退求其次！唉！」

終朝他看過來，雙目閃動著智慧的光芒，淡然自若的道：「輕舟可知你剛說出了人生的大道理，更是活得寫意的竅門。」

龍鷹並不訝異，即使同一件事，台勒虛雲總能發掘出不一樣的東西來，一向如此。興致盎盎的道：「願聞其詳。」

台勒虛雲的目光回到水裡，似靈思源自水內自由自在、無憂無慮的游魚，道：「若每一件事，追求的均為最理想的目標，務要作出最佳的選擇，將成為至死方休的苦差，注定了他的人生是無邊的苦海。」

又哂道：「人生豈有完美可言？有所求，必有所失。可是，如輕舟般，肯退而求其次，同樣心滿意足、歡天喜地，成敗付諸一笑，才是浮沉於人世苦海的唯一良方。」

龍鷹心內一陣感動，從身旁大敵口裡說出來的，對人生的體會，字字金石良言。但人總不長進，得不到所想的，或比理想差上少許，便沒法釋懷，那不單是自尋煩惱，且為對自己的懲罰，難容寸讓。不知妥協容讓之道，既是對人，也是對己。

點頭道：「有道理！」

台勒虛雲微笑道：「所謂有道理、沒道理，盡在寸心之間，愚人永難明白，不能容物之故，至乎走進自己設下的死胡同，再沒法離開。」

跟著輕描淡寫的問道：「輕舟為何肯雪中送炭，把清仁捧上此關鍵位置？」

言下之意，是龍鷹沒理由這麼做，誰都清楚，「范輕舟」與楊清仁面和心不和。

龍鷹險些語塞，沒想過為大江聯立下天大奇功，反招來質疑，也惟有像台勒虛雲般的智者，沒被喜悅樂昏，從生機裡看到敗亡，沉睡裡見到甦醒。問得直接坦白。

如果龍鷹供應的是老掉牙的答案，例如甚麼大家合作夥伴，又或信任楊清仁，徒令台勒虛雲生疑。

時間不許他多想片時，苦笑道：「很不想說出來，小可汗真的要聽？」

台勒虛雲別過頭來，欣然道：「我欣賞輕舟這個態度，不像一般人那樣，隨便找些話來搪塞。」

接著望往天上的藍天白雲，不勝欷歔的道：「人生之路，非常難走，生離死別，悲歡離合。我們不但須作出兩難的決定，還要做不情願的事。應付的法門，盡在『退求其次』四字。有說錯嗎？」

他透徹的看法，令龍鷹佩服，大致上，台勒虛雲道盡他作此選擇時的心態，當然因不曉得自己是龍鷹，測不破他的「長遠之計」，差之毫釐，謬以千里。

論智慧、才略，比之台勒虛雲，龍鷹自愧不如。將來縱能擊垮台勒虛雲，對方仍非敗在他手上，而是敗於老天爺之手。

台勒虛雲的聲音在他耳鼓內震盪著，道：「不過！我仍想聽輕舟親口說出來。」

龍鷹暗叫厲害，在台勒虛雲描劃大概後，他必須提供更細緻的思考過程，以描述因何達致捧楊清仁上位此一重大選擇，沒得含糊。他的答案，直接影響台勒虛雲在未來對他所持的態度。

龍鷹苦笑道：「小弟對河間王，難有信任可言。當年在洞庭湖總壇，他既容不下我，也容不下奇湛。他奶奶的，擺明就是鳥盡弓藏的那種人。不過！一是迫在眉睫的災難，另一為遙不可及的可能性，兩害取其輕下，小弟遂以退為進，作出眼前的選擇。」

台勒虛雲表情不變的道：「若說鳥盡弓藏，他第一個要殺者，非奇湛，非輕舟，而是本人。」

龍鷹驚訝至合不攏嘴。

這是他從未思及的可能性，或許是因台勒虛雲太超然物外，本領太高強，任何強要與他為敵者，不是蠢蛋，就是瘋了。

台勒虛雲朝他望來，滿懷感慨的道：「如他可送我上路，或任何人辦得到，我只會心存感激。對此人間世，本人早深感厭倦。」

龍鷹無話可說。

忽然間，甚麼「鳥盡弓藏」變得微不足道。

台勒虛雲道：「只有本人，可將清仁一手毀掉。」

輕吁一口氣後，沉緩的道：「至於奇湛，給他做個有實權的文官便成，讓他可得展抱負。沒有兵權，他對清仁並不構成威脅，還可互相扶持，何樂而不為？清仁當年之所以敵視奇湛，非因不能容物，而是顧忌我，怕有能代替他的人，即是說本人可有另一選擇。」

龍鷹聽得啞口無言，自己一貫的想法，非但不夠深入，且很稚嫩。

台勒虛雲道：「至於范當家，既無當官的野心，大家河水不犯井水，他為何惹你？你也不致蠢得去惹他吧。互相尊重下，相見時還可盡歡一堂，把酒言心。」

龍鷹無言以對。

台勒虛雲漫不經意的隨口之言，遠勝任何滔滔雄辯。如他真是「范輕舟」，肯定受感染、被說服。

台勒虛雲仰望晴空，語重心長的道：「得天下和治天下，是截然不同的兩回事。所有利於鞏固皇權的事，清仁均做個十足；不利於皇權的，清仁不去碰。如連這個道理都不曉得，他的位子將坐不穩，不外過眼雲煙。」

龍鷹道：「奇湛因何肯為河間王賣命？」

台勒虛雲深望著他，從容道：「今天和輕舟說話很有意思。奇湛之所以沒有離開，說得難聽些，是泥足深陷。」

稍頓，續道：「然而，離開這個泥淖又如何，不單前功盡廢，且變得一無所有，失去目標、失去方向，那將是生不如死的滋味。」

龍鷹心裡一陣感動。

現時台勒虛雲說的每一句話，莫不是肺腑之言。縱然台勒虛雲不視自己為心腹，至少當他為知己。

台勒虛雲目光回到池水，看得深情專注，悠然道：「天道循環。大唐開國，萬象更新，然到太宗晚年，已見衰落，此為物極必反、盛極必衰之理，非人力可逆轉。此一道理，可應驗在一朝的天子裡，太宗正是例子。」

續道：「武曌登場，雖大殺宗室、重臣，任用酷吏，不過鬥爭並未波及平民百姓，幾起叛變，瞬被平定。內則百業振興，外則有鷹爺為她南征北討，栽培出來的名將，在她歿後仍能綻放光芒，擊退默啜，壓制吐蕃，開出未來盛世的契機。可是呵！得失豈易分判，今日之得，或為明日之失。雖明知如此，誰都沒有辦法。便如輕舟，在沒更好的選擇下，只好退求其次，選擇不喜歡的人。」

又歎道：「喜歡如何？不喜歡又如何？」

台勒虛雲接著道：「環顧唐室諸子，李顯、李旦不用說，李顯兩子李重茂、李重福，比之李重俊更不堪，像奇湛般有志有為之士，豈肯坐看中土沉淪。清仁也好，誰都好，只要能給奇湛一個位子，讓他得展抱負，自是當仁不讓。說到底，仍是個選擇的問題，既不能讓最理想的人登上皇座，就要退求其次，讓不那麼理想的人坐上去。如半點不妥協，將一事無成。肯妥協，至少尚有一線生機。」

台勒虛雲道盡高奇湛之肯留下效力的多層次原因，同一的道理，可應用在「范輕舟」身上，但比直接說服「范輕舟」，更為有效，因「范輕舟」可以「旁觀者」的身份，領悟台勒虛雲的忠言。

此趟對談，乃迄至目前為止，最坦誠的交談，顯示二度驗證後，他們間的關係更上一層樓。

龍鷹忽然感到有點不妥當地方，該是來自魔種的警告，要命的是「識神」掌握不到。

台勒虛雲忽道：「李重俊死了，他的首級被背叛他的人送回來，正在宗楚客之手。」

靈光一閃，龍鷹終想到紕漏所在，就是剛才說及唐室諸子，台勒虛雲沒提過李隆基等五兄弟。

以台勒虛雲的才智，不可能是無心之失，該是故意遺漏，測看自己的反應。比之李重茂、李重福，李旦的五個兒子當然有為多了。

不過，李隆基在掩飾才能上，接近無懈可擊，為何竟令台勒虛雲生出警覺，於此事上試探自己？

肯定有些事，乃龍鷹尚未曉得。

答案該在符小子的《西京下篇》上，必須找時間細讀。

道：「李旦諸子又如何？聽說他們有參與叛亂的事。」

台勒虛雲若無其事的道：「如我是韋后或宗楚客，不單永遠不容他們返京，還使人將他們逐一害死。」

龍鷹心叫救命，更肯定有些事發生在李隆基和他的兄弟身上，自己卻不知道。

聽台勒虛雲的語調，並沒有特別懷疑其中的李隆基，而是一視同仁。

錯有錯著，正因未翻過符小子的新鉅著半頁，其無知正好顯示與李旦的兒子沒有秘密聯繫。

台勒虛雲沒興趣談李隆基等人，岔開道：「輕舟怎確定，宗楚客對突騎施高手的事，並不知情？」

龍鷹曉得成功過關。

能過關的關鍵，在於台勒虛雲認定范輕舟和龍鷹是不同的兩個人，前者根本沒接觸李旦五子的機會。

龍鷹道：「純為一種感覺。勉強說，是基於夜來深在北里截著我，表示宗楚客想與我私下碰頭，此事理該瞞著田上淵，令我感到他們再非像以前般鐵板一塊，而是互相猜忌。」

台勒虛雲同意道：「你的直覺，事實上底下有大量的思考過程在其中，只因太過錯綜複雜，故有一言難盡的情況。田上淵與突厥人勾結私通之事，肯定未得宗楚客同意，因如突厥人成功攻入關中，對宗楚客有百害，無一利。」

龍鷹謹記著自己是「范輕舟」，說的是「范輕舟」須說的話，趁機道：「小可汗又有甚麼事瞞著小弟？」

台勒虛雲啞然笑道：「輕舟問得坦白直接，教人難以招架。事實上，即使親如兄弟，多少有些事不為對方所曉，才是正常，隱瞞的原因千門萬類，或許因與對方沒有關係，又或無關痛癢。於我們來說，牽涉到出身來歷的事，均有顧忌，希望輕舟體諒，不致因而影響我們間的合作。」

又訝道：「究為何事？令輕舟感到我們有所隱瞞？」

龍鷹心呼厲害，台勒虛雲連消帶打，一番話封死追問之路，還反算一著，要自己說出在哪方面懷疑他們。

苦笑道：「也是一個感覺。」

台勒虛雲沒就此事逼他，沉吟片晌，問道：「如離間田上淵和宗楚客之計成功，輕舟如何利用？」

龍鷹早說過大概，終極目標是拔掉北幫，台勒虛雲現時問的是行動的細節，要他透露機密，看大家如何配合。

龍鷹道：「我心裡有個計劃，是先取楚州，那大運河的控制權，有一半落進我們手裡。不過，一切須待見過宗楚客，方可下最後決定。沒他同意，與北幫爭奪洛陽，將是吃力不討好。」

台勒虛雲道：「宗楚客今天該沒空與輕舟碰頭。」

龍鷹明白，他指的是李重俊的首級送返京城一事，將牽動整個因之而來的效應，如何處置，顯示出皇室和朝廷對此次叛亂的定調，須經一定的程序和討論。

想想已感頭痛。

道：「北幫經我們毀掉大批鬥艦，損失慘重，正因如此，楚州對他們更是不容有失，否則竹花幫的戰船勢大舉北上，逐一攻陷洛陽之南的水道重鎮，令北幫的勢力只能龜縮洛陽，故此北幫必駐重兵於楚州。」

台勒虛雲道：「輕舟對大局，把握的比我更好。論水道爭霸，北幫遇上輕舟，沒一趟不吃大虧。對洛陽，輕舟看得很準，關鍵在宗楚客的態度。」

略一沉吟，續道：「現時我大部分時間，居於因如賭坊內，若有特別的事，可直接到因如坊找我。」

他們的關係確異於往昔，尚是首次建立直接的聯繫。

台勒虛雲隨口問道：「離此後，輕舟是否趕往大明宮？」

龍鷹苦笑。

現時的大明宮，恰為此刻西京他最不想去的地方。

第十三章　樂在其中

龍鷹不想進宮，是逃避。

與李重俊終是一場相識，當時大家關係良好，有說有笑，現在李重俊以太子之尊，落得身首異處的悽慘收場。

龍鷹不忍見之，不願聞之。

唯一之法，就是避開。

他又想到台勒虛雲所說的「今日之得，明日之失」，雖沒加以解釋，卻令他想到郭元振和莽布支兩位邊疆大將。

女帝登位以來，由於洛陽處於中土的中央位置，只要集治權和軍權於京師，可迅速支援各地，水陸兩路同樣方便。

故此，洛陽的兵力，冠絕天下，令女帝的帝位穩似泰山。

當年討伐盡忠和孫萬榮，這個優勢顯露無遺，由京師發號施令，徵召兵員，並成為前線大軍的強大後盾，以水師運載物資兵員，源源不絕支持前線的軍隊。

戰後依府兵制，兵員歸田。

洛陽始終集兵權、治權於一地。

可是，遷都長安，位處西陲，在物資供應和對地方的支援，各方面均及不上洛陽，實無法保持如洛陽般的龐大軍隊，亦不切實際，因失去天下水道之匯的優勢。

在這樣的情況下，當強鄰壓境，如郭元振般，須徵召大批兵員，施行屯田制，以達自給自足的目的。水漲船高下，加上戰績彪炳，郭元振已成能脅主的邊疆大將。郭元振當然沒有問題，換過坐上他的位子者是個野心家又如何？

台勒虛雲看通此點，遂有「今日之得，明日之失」的明見。

隨便吃點東西，醫好肚子後，龍鷹往无瑕的香閨，逗弄佳人來打發時間。豈知伊人不在，香居無人。

龍鷹對无瑕不懂客氣，回到家般逕自打水洗澡。

衣服早在水底大戰時淘洗乾淨，穿回舊衣，仍然精神氣爽，好不寫意。

閔天女借給霜喬、无瑕的房子，麻雀雖小，五臟俱全，家居用品，一概齊備，比之他的荒谷小屋，不可同日而語，然卻令他有重回故居的動人感受，燒水煮茶，寫意閒適地喝兩盅後，逕自尋得无瑕的香閨香榻，脫掉鞋子，登榻休息。

本想取出《醜醫實錄》，讀他奶奶的一、兩個時辰。哪知躺到榻上，嗅著无瑕繡枕遺香，才知背脊多麼疲倦，眼皮子如何沉重，念頭尚未轉完，早不省人事。

也不知睡了多久，給人推醒。

睜眼瞧去，見无瑕坐在榻緣，滿臉嬌嗔，一副雖然不滿，卻拿他無賴行為沒法的俏樣兒。甦醒後驟然得見，感覺動人。

同時心裡訝異，憑魔種之能，為何對她的回來，一無所覺？

唯一合理的解釋，是魔種感應不到危險，一如在南詔與妻兒相處的情況。這個見解令他窩心至極。

不情願地坐起來，移到榻緣，與无瑕並排坐著，俯身找靴子。

无瑕氣鼓鼓的，對龍鷹的鵲巢鳩佔，尚未釋懷，但也不是真的為此怒不可遏，而是又好氣，又好笑。

「無賴！」

龍鷹聳聳肩，逕自穿靴，笑罵由人，無賴到底。

「我的娘！現在是甚麼時候？」

无瑕大嗔道：「有何好大驚小怪的，半個時辰好，一個時辰好，強佔民房就是強佔民房。」

龍鷹邊穿靴，邊笑嘻嘻道：「是強佔民榻，且是大姐的香榻，以慰單思之苦。哈！小弟肯脫靴登榻，對大姐算非常尊重。」

无瑕「噗哧」嬌笑，白他一眼，嬌聲罵道：「做了這麼無禮的事，虧你仍毫無愧色。」

龍鷹開始穿另一隻靴子，賴皮的道：「禮法是死的，人是活的，我這是識時務者為俊傑，把握時機，乘虛而入，至少和大姐先後睡在同一榻子上，遠勝望梅止渴。哈！我的娘！真爽！」

坐直身體，目光投往窗外，道：「他奶奶的！若沒看錯，現在至少初更時分，這一覺足足睡了三個時辰，回本哩！」

說畢站起來。

无瑕奇道：「你要幹甚麼？」

龍鷹轉過身來，俯頭細審她仰起的俏臉，笑嘻嘻道：「是見好就收，在給瑕大姐掃地出門前，自行滾蛋。」

无瑕沒好氣的道：「范當家不是有事來找人家？」

龍鷹欣然道：「小弟心懷不軌，一意來看有沒有便宜可佔，愈大的便宜愈好。現在惹得大姐大發嬌嗔，不要說佔便宜，摸手也不行，不滾蛋留在這裡丟人現眼？」

无瑕為之氣結，嘟長嘴兒，將俏臉轉往另一方，不看他。

龍鷹趁機俯身，湊嘴往她臉蛋香一口，當是意外收穫。

接著直起身體，還伸個懶腰，道：「若小弟看錯的話，請大姐糾正，小弟立即再一次脫掉靴子，登榻與大姐共度春宵。」

无瑕別過頭來白他一眼後，低聲罵道：「死無賴！你到哪裡去？」

龍鷹若無其事的道：「找女人！」

无瑕忍俊不住的掩嘴嬌笑，笑得花枝亂顫，罵道：「小器鬼！」

龍鷹心忖台勒虛雲說得對，人與人間的關係，一言難盡，愈密切的關係，代表更多的隱瞞，因事無大小，均可影響關係。

无瑕以為自己在說氣話，事實他心之所想，確是三探獨孤家美人兒的香閨。想起她單衣待客的誘人模樣，心裡火熱。

一個欲拒還迎，一個欲迎還拒，不用仙人指路，也清楚仙境何在。

人就是那副德性，到南詔前的大段日子，他過著苦行僧般禁慾的生活，色心收斂，面對絕色仍把持得住。可是！在南詔過了縱情恣意的兩個月後，心內的色鬼大有蠢蠢欲動之勢，心兒常飛到高門美女的閨房去。何況他確有尚未完成的任務，沒藉口也找一個，大條道理更不用說。

然而禮貌上，他不得不給足无瑕面子，讓她有臺階下。

恭敬地道：「大姐回心轉意了嗎？」

如果沒猜錯，无瑕所以人去房空，是到因如賭坊參加大江聯各巨頭的密議。

楊清仁坐上右羽林軍大統領之位，台勒虛雲又摸清楚「范輕舟」的意向和策略，規劃未來，此其時也。

大江聯竊奪天下的大計，現出一線曙光。

无瑕一副給他氣壞的模樣，別頭來仔細看他，道：「你的行為，像個做錯事給抓著的頑童，但是嘛！你骨子裡的神態，卻洋洋得意，沾沾自喜。究竟是怎麼樣的一回事？給人家從實招來。」

龍鷹心中暗懍，知自己得意忘形，被她察覺。大處可滴水不漏，卻可以栽在小處。

笑嘻嘻道：「實情是小弟確是一心到外面找女人，希望失之東隅，收之桑榆。哈哈！」

无瑕生氣道：「滾！踏出此門後，永遠不准回來！」

龍鷹嘻皮笑臉的重坐榻緣，擠得她緊緊的，涎著臉道：「真的不准回來？」

无瑕「噗哧」笑道：「假的！」又凶巴巴的道：「真的又如何？強闖民房，於范當家等閒事也。」

龍鷹大感耍花槍式的閨房之樂，无瑕天賦異稟，碰著她肉體，哪怕只一點點，即有銷魂蝕骨的滋味，教人樂此不疲。這刻，他忘掉了獨孤美人兒。

忍不住往她臉蛋重施故技，希望再一次馬到功成。

无瑕盈盈起立，令他吻在空處。

失望還來不及，被无瑕一手執著胸口衣服，從榻子扯起來。

龍鷹給逮個猝不及防。

无瑕此時害他，一招「纖手馭龍」，即可成事。

龍鷹並不擔心，在剛舉行的大江聯會議上，諸巨頭對「范輕舟」定調、定性、定位，決定與他全面合作，故无瑕歸家駭然發覺他據榻大睡，芳心內毫無敵意。

只要有一絲敵意，魔種會生感應。

下一刻龍鷹騰雲駕霧，清醒過來方發覺給无瑕扔到門外去。

无瑕從門旁探出螓首，笑臉如花的道：「這兩天找個時間來，人家弄幾味小菜招呼范當家。」

直至踏足大街，龍鷹仍有如處身夢中的滋味。

无瑕迷死人不賠命，以自己的修為，現時又是去找另一美女，心神一時仍沒法從她處抽離，神魂顛倒。她的一顰一笑，浮現心湖。他奶奶的！肯定是媚術，自己則是著了道兒。

想得入神時，馬蹄聲從後而來。

大街華燈映照裡，車如流水馬如龍，馬蹄聲實屬平常，沒有方奇怪，然今次入耳的蹄踏聲，是急馳轉緩，顯是有人勒馬減速。

難道看到自己的背影，認出是「范輕舟」？

念頭未完，有人在後面叫道：「范兄！」

龍鷹暗呼倒楣，竟然是武延秀，乃目下最不想碰上的人之一，睹人思人，想不思及李重俊也不成。

別頭瞧去，給嚇了一跳，因從未見過武延秀這個樣子。

武延秀單人孤騎，從馬背落地，牽馬趕上來，容色蒼白如死人，沒半點生氣，雖望著龍鷹，眼神空空洞洞，神不守舍。

龍鷹喚他一聲，他似聽而不聞，真不明白他剛才如何從街上的人流裡，辨認自己出來。

武延秀直抵他身旁，放開韁索，讓馬兒在後面跟著，瞧方向，他該是從安樂的公主府出來。

武延秀喃喃道：「他死了！死得很慘！」

不知如何，龍鷹毛骨悚然，此刻的武延秀，似給厲鬼纏身。

記起自己的「范輕舟」，理該不認識李重俊，忙問道：「誰死了？」

武延秀顫震一下，清醒過來，雙目射出警戒之色，道：「沒甚麼！」

龍鷹助之一臂，引導道：「淮陽公今夜不用當值嗎？為何不見從人？」

又歎道：「大相的事，令人悲痛。」

武延秀深吸一口氣，又清醒了些，正要說話，忽然悲從中來，雙目湧出熱淚，卻沒哭出聲，搖搖頭，使人見之心酸。

龍鷹陪他走在車馬道的邊緣，前方就是跨過漕渠的大橋，武延秀右轉朝東走，龍鷹跟又不是，不跟更不是，只好陪他一起舉步，心內嗟歎。

龍鷹明白他的心情，就是除武延秀外，沒有人可以真正明白，包括自己在內。以武三思為首，武氏子弟最重要的幾個人物，不是遭「病死」，就是遇害，武氏子弟的光輝歲月，一去不返，而武延秀之所以仍能身居要職，全賴安樂在背後撐持，而安樂則是與武三思一起被殺的堂兄武崇訓之妻，武延秀因與安樂有染，可取武崇訓之位代之，這是怎麼樣的一筆糊塗帳。

若如外間傳言，武延秀亦為韋后的入幕之賓，情況更複雜。

表面上，自己屬武三思一方的人，且因和武延秀並肩對抗韋氏子弟，逛過青樓喝過酒，被沒多少個朋友的武延秀視為知己，驀然在街上碰到范輕舟，再壓抑不住心中的悲苦淒涼，真情流露。

如龍鷹所想般，武延秀沒多少個朋友，而李重俊或許曾是他唯一的朋友，然而造化弄人，形勢所逼下，武延秀不得不背叛李重俊，割席疏遠，他心裡的矛盾和痛苦，惟人飲水，冷暖自知，難向外人道。

龍鷹不曉得武延秀對李重俊的友情有多深刻，但看武延秀眼下情況，顯然遠在自己過往的估計之上。

李重俊一天尚在，管他風風光光，還是落難逃亡，武延秀仍壓制得住，頂多去喝一晚悶酒，醉個不省人事。

可是，今天李重俊的首級被送返西京，武延秀思前想後，終於崩潰。只恨還抓著龍鷹做陪葬。

龍鷹湊近他道：「淮陽公要到哪裡去？」

他當然猜到武延秀一如以往，要到北里的秦淮樓喝酒，喝他娘的一個通宵達旦，不醉無歸。這麼說，是要脫身，好去見獨孤美女。

武延秀一把抓著他衣袖，沙啞著聲音道：「陪我去喝酒！」

舉起另一手，拭掉眼角的淚痕。

龍鷹終曉得，今夜本香豔旖旎的夜訪香閨大計，宣告泡湯，陰溝裡翻船，栽在武延秀之手。

他仍可以找個冠冕堂皇的藉口推卻他，例如正趕入宮見李顯，但那就是欠缺道義，且心有不忍。

武延秀別頭看他，重複一次，道：「陪延秀去喝酒。」

龍鷹還有甚麼好說的，只好捨身奉陪，點頭應是。

武延秀這才肯放開他的衣袖。

龍鷹實在不甘心，盡最後的努力道：「這樣是沒用的。」

武延秀愕然道：「甚麼沒用？」

龍鷹道：「小弟也試過痛苦，但喝酒肯定不是辦法，愈喝愈痛苦，灌愁入愁腸。」

武延秀苦笑道：「誰比我更明白箇中景況，不過，當清醒是負荷不來的重擔時，惟有杯中之物，方能令人忘掉一切，就看你喝多少。」

龍鷹道：「我有更佳的辦法，找個漂亮的娘兒，到榻子上胡天胡地，包保你可忘掉一切。酒還是要喝，一杯起，兩杯止，帶點酒意便成。」

時候尚早，打發了武延秀入房後，他仍有充份時間去找獨孤倩然。

武延秀正處於極度異常的狀態下，竟對損友「范輕舟」的話思索起來，皺眉道：「那就須紀夢才成。」

說話時，兩人步進北里，西京的不夜天，一時間喧鬧之聲從四面八方潮水般湧來，將他們淹沒，成為來逛北里人流的兩員。

在這五光十色的天地裡，一切變得不真實。

「紀夢」兩字入耳，即時敲響龍鷹心裡的警號。

以前是絕對碰不得，現在則是見不得。

紀夢的吸引力太大了。

幸好碰上她的機會不高，小姐她是否在樓內，須看她今夜的心情。

龍鷹記起退而求其次之道，鼓如簧之舌道：「世事豈有這般理想，盡如人意，應變之法，是退求其次，找個未碰過的美妞兒，新鮮熱辣的。」

武延秀沉吟不語，似是認真地考慮「范輕舟」的提議。

龍鷹克盡損友之道，加上一句，道：「一個妞兒不成，找多兩個。」

武延秀可能察覺到龍鷹不大情願陪他到青樓喝酒，又一把再抓著他衣袖，轉入秦淮樓的外大門。

龍鷹暗歎一口氣，隨他往秦淮樓的主堂舉步。

第十四章　脫彼陷此

秦淮樓一切依然，由清韻大姐和周傑一文一武，打點全場。

「青樓大少」柳逢春因時候尚早，未回來。

秦淮樓的鎮樓美女，被譽為繼聶芳華之後的天下第一名妓紀夢，照例到一天，不到兩天，今天剛好缺席。

龍鷹本該慶幸，但心中總有失落感，非常矛盾。

以前不敢惹紀夢，是陣腳未穩，怕招人忌，亦因未來之不可測，不想累人累己，美人兒為自己給捲進無謂的煩惱去。

所以說，當時的她絕碰不得。

現在情況不同，與各方關係已見分明，一天李顯在位，他又不逾越江湖人的身份，宗楚客則抱著籠絡他的心，他愛幹甚麼便甚麼，即使新一輪的朝廷暴發戶韋氏子弟，有韋捷作前車之鑑，膽敢和有資格惹他的，數不出哪個人來。

在這樣的情況下，郎情妾意，一個不好，他和紀夢可打個火熱。

所以說，現時的她，見不得。

比諸上趟西京之行，龍鷹的心境迥然有異，源自「天網不漏」誅妖行動和應付无瑕驗證的成功，一方面令他對李隆基的「真命天子」信心大增，更感「成事在天」，因而不再斤斤計較某事的得與失，更敢作敢為。

於如此心態下，百無禁忌，連真的碰不得的獨孤倩然，他也心癢難熬，見到美至可滴出汁液的紀夢，怎可能控制得住？

始終多一事，不如少一事。尤其男女關係，動輒脫軌失衡，節外生枝。心的牽累，教人受不了。

然而正是男女情事，理智理性，與心內的意願背道而馳，否則他不該對獨孤倩然心存非份之想。

清韻獨特半喘息著的說話方式，仍是那麼惹人遐思，親切熟悉。她領著兩人重回有秦淮樓內的秦淮之稱、位於小秦淮河中央位置，面河而築的鴛鴦園，如避入了亂世中的桃花源，急著離開的龍鷹，一時亦忘掉離開，清韻對他的吸引力，比之以往不減反增。道理他是明白的，因她成了香怪的紅顏知己，聽她說話感到心動心跳，隱有犯禁的滋味，偏是這種不可告人、特別不可告訴香怪的犯禁，令清韻平添無限的誘惑力。

情況類近閔玄清和上官婉兒對符太的誘惑力。

台勒虛雲說得對，怎可能全無隱瞞？若然如此，天下大亂。

无瑕如曉得自己到了秦淮樓來，有何感想？

另一原因，是清韻對他的態度，與前有別。

熱烈親切不在話下，還表現得有些兒緊張，呼吸會忽然急促起來，對武延秀說話並沒這個情況，故此清韻雖然沒故意親近他，他仍可掌握她芳心只可意會、不可言傳的某種情緒。

周傑打著去通知柳逢春的旗號離開，在兩個提燈籠的俏婢帶路下，三人沿小秦淮河漫步。龍鷹自得寫意，幸福的感覺油然而生，武延秀平靜下來，但不願說話，默默走在前方，追在兩婢身後。清韻跑慣江湖，當然懂得讓他清靜。

龍鷹生出直感，此刻的武延秀，正全神貫注在領路兩婢的動人背影上，燈籠光掩映裡，賦予了兩婢平常沒有的神秘感覺，格外誘人。

不知武延秀現在心中想的，會否是龍鷹剛才的提點，退而求其次，找個新鮮熱辣的伴侶，一個不夠找兩個，在溫柔鄉裡忘掉人世間一切的不幸和慘事。

又記起胖公公所言，權貴間的淫靡荒唐，非是他的鄉下小子能想像，指的雖為洛陽，放諸四海皆準，乃達官貴人的特權，多少人為了過這種生活，不惜一切。來俊臣豈是愛當酷吏，然不做酷吏勢被拒於權力、財富之外，被逼出賣天良。還記得當年來俊臣說起有關女觀之事，眉飛色舞。

現在，他龍鷹成為了權力圈子內的一份子，在權力的大染缸打滾，他不會為自己爭取隨之而來的利益，卻可為情緒跌至最低點的武延秀盡點力，換回不用整夜陪這小子喝酒的自由。

心裡一動下，輕牽清韻的香羅袖，墜後多三、四步，湊到她小耳旁，香氣撲鼻，忍不住道：「大姐用的是『紅袖』。」

「紅袖」由龍鷹調校，被香怪加以改良而成。

清韻白他嫵媚的一眼，嬌軀扭動，似在說「奴家不依」，怪龍鷹此刻才嗅得到。

龍鷹心中苦笑，即使他的靈鼻也有開小差的時候，於心不在焉，時思脫身之計下。至於清韻為何捨能變化萬千的「七色彩夢」，用他的「紅袖」，龍鷹無暇多想。

倏忽間，往昔製香創業的好日子又回來了，明天須到七色館走一轉，探望香怪和一眾兄弟。

此刻的清韻，嬌癡如見到情郎的懷春少女，偏是風情萬種，像把龍鷹當了是香怪，令他動魄驚心，又心生歉疚。

忙收攝心神，道：「淮陽公今天心情惡劣。」

清韻點頭道：「看到哩！哭腫了眼皮！前天他才哭過一場。」

龍鷹提醒道：「前天哭沒問題，今天的哭絕不可傳出去。」

清韻何等機靈，不追問，點頭表示明白。

河風從人工河小秦淮徐徐拂至，嗅著清韻迷人的香氣，看著她活潑生動的花容，在這剎那，他捕捉到瞬間的完美。

清韻反湊過來，香唇近至碰觸他的耳輪、耳珠，溫柔的道：「范爺認為奴家可在甚麼地方幫忙？」

青樓中人的本領，首重看眉頭眼額，善解人意，見龍鷹怕被武延秀聽到似的，知與武延秀有直接關係，故有這句話，因她確想不通這種事旁人可幫上甚麼忙，除了多灌他兩杯黃湯。

清韻為方便和他耳語，半邊嬌軀挨入他懷裡，依偎而行。

兩人尚為首趟這般親密。

龍鷹不得不承認自己是青樓新丁，孤陋寡聞，清韻此時的神態，是半點不放香怪和他的兄弟關係在眼內、心上。她大姐愛和誰親近，和哪個親近。

龍鷹很想挪開少許，以表示對香怪的「忠貞」，可是呵！現在有求於清韻，任何惹起她不快或尷尬的舉動，此刻乃最不適當的時候，這時他忘掉了獨孤美女，約束聲音道：「前面領路的兩位姑娘，論姿色不在其他姑娘之下，為何當的竟是婢子？」

清韻聞弦歌知雅意，喘息著在他耳邊道：「因為她們沒有彈琴唱曲的天份呵！只好屈居為婢。范爺是否想奴家為淮陽公做出特別安排？」

龍鷹忙道：「此事，不宜由我提出，須看淮陽公本人的意願，我不過略盡朋友之義，讓韻大姐了解他的情況。」

清韻道：「真的盡朋友之義？奴家看，一半一半吧！」

說時在他手臂用力扭了一把。

龍鷹連連呼痛，她搖曳著小蠻腰，放開龍鷹，趕上前面的武延秀，纖手熟練的穿入他臂彎處，握著武延秀的手臂，將他扯停下來。

鴛鴦廳在十多步外。

前方兩俏婢聞得加速的足音，知機的回眸察看，見狀停下，別轉嬌軀，兩個燈籠映照下，登時將兩女從中上之姿，提升往一流美女的級別，確人比花嬌，青春煥發。在秦淮樓良辰美景、一刻千金的迷人氛圍下，連龍鷹也因對她們的「非份之想」，大感其倍增的誘惑力。那種攀枝折花的感受，令人顛倒。

武延秀驚訝的往來到身邊、態度親暱的清韻望去。

清韻湊到他耳邊說話，耳語道：「淮陽公今晚很累呵！」

龍鷹剛領教過清韻耳語的威力，手臂被狠懲處的餘痛仍在，比任何人明白給清韻以她似不夠中氣、半喘息著地咬耳朵勾魂攝魄的感受。

武延秀對清韻的行為摸不著頭腦，「嗯」的應了一聲。

龍鷹本不想竊聽，只是既沒塞著耳朵，距離又近，想不聽也不成。

清韻溫柔的道：「讓小倩和小情伺候大人，到雲天閣好好休息，養好精神，再找范爺來陪你喝酒。」

武延秀自然而然，目光投往前面提燈的兩女去。

龍鷹可肯定此時的武延秀，記起了自己曾說過的話，就是色比酒更能令人忘記殘酷的現實，尤其是與新鮮熱辣、未有過關係的美女，好事成雙。

武延秀亦肯定在燈籠光映照裡，如龍鷹般，感到兩美婢魅惑之力遽增，尤其是一路走過來，武延秀均被兩女在前方領路，柳腰款擺的嬌姿吸攝心神。

武延秀的呼吸沉重起來，艱難的道：「可是……」

清韻截住他道：「不用擔心范爺，奴家代淮陽公招呼他。勿多想哩！春宵一刻值千金。」

傍著武延秀直抵兩女身旁，低聲吩咐兩女幾句話，美婢們該未試過這樣子般，去陪男客度夜，立告霞燒玉頰，羞不可抑，神態更為誘人，擠走武延秀最後一點疑慮。

龍鷹心慶「盡義之計」得售，又見兩女心實喜之，沒絲毫不願的情況。

武延秀這位曾有「神都小霸王」之稱的武氏貴胄，高大英俊，否則安樂與他的關係不可能維持到今天，確是懷春少女的夢裡情人，伺候枕笫，於兩女非苦差事。

武延秀色迷三分醒，轉過身來，臉上重現生氣，雙目放光，正要說話。龍鷹先一步截著他道：「溫柔鄉勝醉鄉，淮陽公放心去好了，其他事不用放在心上。」

清韻放開武延秀，向兩女使個眼色，小倩、小情歡天喜地的移到他兩旁，左右挽著他，另一手提起燈籠，三人依偎著往前舉步。

直至他們沒入樓內深處，清韻別轉嬌軀，面向龍鷹，嬌媚的道：「奴家為范爺壞了秦淮樓的規矩，范爺如何謝奴家？」

龍鷹很想答「大姐要小弟如何道謝，小弟全依大姐」，卻知此兩句話不可說出口，否則今夜後患無窮。眼前的清韻，情熱如火，不住打破自己和她之間的防線，剛才用力扭他臂肉，是最露骨的調情。

青樓是個令人糊塗的處所，對清韻今夜的變化，他糊裡糊塗，感覺很不真實，稍微清楚的，是以前對清韻的憧憬，乃基於一時一地片面的觀察，在某一特殊的情況下，一廂情願的看法。當時樓外劍拔弩張，樓內亦不是風花雪月，令龍鷹生出錯覺，此刻才知自己錯得多麼厲害。以為秦淮樓諸女之娘的清韻是良家婦女，謹守婦道，是多麼的不切合現實。

龍鷹含笑朝清韻走過去，直抵她香軀之旁，道：「大姐有見你的香大哥嗎？」

清韻「喲」的一聲，笑吟吟，以分不清楚是喘氣，還是說話的獨門誘人絕技，道：「魯大哥嘛！他沒來秦淮樓近三個月了，前幾天奴家見過魯大哥，因他創製出一種名『溫柔』的新合香，奴家到七色館試香。他心境平靜，說話不多，奴家喜歡那種關係呵！不敢打擾他。」

龍鷹心呼糟糕，本以為攤底牌，可令他找得脫身的藉口，豈知最後一道屏障，清韻巧笑倩兮的幾句話，立被挪開。

兩人間再無緩衝。

若情場確是戰場，他們此刻是短兵相接，正面交鋒。

要命的是清韻言下之意，是香怪故意冷淡她，而非她疏遠香怪。

假若龍鷹對香韻毫無感覺，眼前的難題只在如何擺脫糾纏，偏是從第一眼看到她，聽到她的聲音，已有異常的感覺。當時礙於環境，又因她與香怪微妙的關係，沒朝男女事的方向鑽，大家相安無事，今夜，情勢給清韻主動扭轉過來，雙方關係變得曖昧，偏是這種令人糊塗的關係，刺激至極，壞規破禁似的，格外誘人。

龍鷹自己知自己事，埋身格鬥，他肯定是敗方，惟有施展緩兵之計，先裝出原來如此的神色，道：「陪大姐喝酒沒問題，不過卻非今夜。」

又扮個苦模樣，道：「事實上小弟是被淮陽公拉伕般硬扯到這裡來，小弟還要入宮處理重要的……噢！」

清韻偎入他懷裡，一雙玉手纏上他頸項，瞇著眼睛看他，嬌聲嚦嚦地道：「范爺尚未問奴家，怎曉得只是喝酒？」

給她投懷送抱，以豐滿的胴體擠著，龍鷹差些兒潰不成軍，幸好記起須擺脫武延秀的初衷，是要去會獨孤美人兒，這般的脫彼陷此，實在說不過去。

以守為攻之策再不可行，惟有來一招以攻代守，就那麼將她攔腰抱起來，掉頭往離開虎穴的虎口方向走。

清韻「哎喲」一聲，伏往他的寬肩去，提醒道：「范爺走錯方向了！」

龍鷹呵呵笑道：「小弟不慣在青樓過夜，現在是要抱大姐回家去。」

清韻在他肩頭咬了一口，輕輕的，非常窩心，柔聲道：「這樣抱著奴家穿房過舍，成何體統？」

龍鷹笑著道：「我是唬大姐的，遇到人先一步放大姐著地，大家手牽手的回家去。大姐唯一須擔心的，是小弟給大姐迷得暈頭轉向，耳目可能沒平時般靈光。」

清韻大嗔道：「還說不是唬人，有人來哩！」

龍鷹也聽到傳過來的足音，卻故意道：「沒聽見！哎喲！」

今趟清韻來真的，狠狠一口咬他肩頭，痛得龍鷹叫出來，順勢見好就收，放她著地。

清韻剛站好，「青樓大少」柳逢春在周傑伴同下，從一座燈火通明的樓閣轉出來，隔遠和龍鷹打招呼。

清韻心有不甘，重重一腳踩在他腳背上。

龍鷹見到救星，區區一腳，何足掛心，還心甜如蜜。和清韻的新關係，窩心至極。
迎了上去。

第十五章　拒諸門外

有柳逢春和周傑在場，清韻變回龍鷹熟悉的那個青樓女當家，令人幾疑是不同的兩個人，然其誘惑力卻無分軒輊，同樣風情萬種，分別在是否以你為對象，被你看到她火辣的一面。

清韻白他兩眼，似嗔似喜的返前堂繼續其迎賓之責，柳逢春和周傑曉得他急著離開，前者識趣地送他到外大門，順道閒聊一番，暢敘離情。

看柳逢春的神態，對「范輕舟」確另眼相看，視他為可談心事的朋友，非是一般客人。

柳逢春道：「直至解除宵禁令，才傳出范爺來了的消息。范爺了得至令人無話可說，這天來，西京這天改變。當時，我們還在憂心宵禁不知持續多久。」

他領龍鷹繞小道往外廣場走，由於不是往來樓閣的沿河主道，清寂無人，適合漫步交談。

龍鷹雖然去心似箭，但不得不給關係良好的柳逢春面子，且與他說話賞心樂事也，如他般緩步而行。

道：「大少太誇獎小弟，輕舟不過適逢其會。」

柳逢春笑道：「范當家夠謙虛才真，據我收回來的消息，范當家入宮見皇上後，韋捷那小子立即丟官。哼！韋捷應有此報，最近氣焰滔天，給了我們很多麻煩，少點斤兩都鎮他不住。」

龍鷹佩服道：「大少很有辦法。」

柳逢春苦笑道：「表面看確是如此，內中的辛酸，不足為外人道。現在范當家回來了，我們的日子好過多了。」

又道：「清韻對范當家的態度，與前明顯有別，范當家是否看上她？」

龍鷹暗呼冤枉，採主動的是她，但怎可說出來，道：「清韻大姐今夜對小弟比較熱情，該是不見太久。」

柳逢春是老江湖，聽出龍鷹言外之意，訝道：「這就奇了，韻大姐一向的手段，是第一次見面，殷勤熱情，可是，到見第十次，仍是那個老樣兒，從來不會變得更熱情。這麼看，她該對范爺動心哩！」

龍鷹忙道：「或許是愛屋及烏吧！」

他們從主堂旁的半廊，踏入小廣場，柳逢春談興正濃，大家停下來繼續對話。

柳逢春道：「韻大姐有點像夢夢，任性起來，誰都管不了她，她做的事，常出人意表。對香大師，她確因憐才生愛，但來得快，去得也快。據她自己說，是香大師故意疏遠她，當然我們並不相信。」

又道：「她看上香大師，是沒人事前有想過的。反而當我們認定夢夢破天荒首次為男兒漢動情，偏偏看錯。」

到秦淮樓好一陣子了，還是第一次有人說起紀夢。

龍鷹聽到好奇心大起，此男究竟為誰，照常理不該是自己，因以柳逢春此等在青樓打滾的老江湖，沒理由告訴他，發覺紀夢對他沒半點意思。

但見柳逢春仍在瞪著自己，訝道：「那個男兒漢，指的難道是小弟？」

柳逢春笑道：「我們高傲的女兒，尚是首次到樓外參加慶典集會，對范爺的情意，舉城皆知。」

接著沉吟道：「范爺當奇怪為何老哥我說得如此直接坦白，皆因百思不得其解下，感到內有玄虛。夢夢這女兒美得令人心痛，實不忍看著她毀掉。」

龍鷹如猜啞謎，聽得一頭霧水。

不解道：「毀掉？」

柳逢春不勝欷歔的道：「你看老哥我現時多大年紀，快五十歲哩！只是外貌比實際年齡年輕。在過去的二十多年，看盡青樓的滄桑。愈美麗的，愈快被毀掉，美麗成為冤孽。嫁作歸家娘的，沒一個有好下場。又有騙過百個、千個男人的，最後栽在一個怎樣看都不似人的傢伙手上，是否有天妒紅顏這回事？」

龍鷹暗忖要怪該怪男尊女卑的情況，女性的獨立，從來不被歌頌，還招來風言風語，女帝和閔玄清都是例子。

女帝後宮養男寵，給批評為淫亂宮闈，可是，皇帝後宮佳麗數以千計，則沒人敢說半句話。此一事實，道出箇中情況。

柳逢春忽又問道：「范爺對夢夢有意思嗎？」

龍鷹老實答道：「是忙得沒時間去想，不敢想。」

柳逢春讚道：「像范爺般，方是辦大事的人。范爺肯定聽得一頭霧水，且聽老哥我詳細道來。趕嗎？」

龍鷹被激起好奇心，對紀夢般的美女，沒好奇心絕不正常。忙道：「不趕！不趕！」

柳逢春道：「參加七色館的開張儀式回來後，夢夢告知韻大姐，從此之後，舉凡有關范爺之事，她一律不想知道，即使范爺重返西京，仍不用通知她。是否很奇怪？」

龍鷹苦笑道：「難怪你們認為她對小弟沒意思，從時間上看，該是在七色館，對小弟一見心死。」

柳逢春以過來人的語調道：「才不是呵！早在這裡，她和我們站在臺階上，見識過范爺智如淵海、勇武如神的氣魄手段，若要心死，早就死了，何用多見一次。」

接著現出回憶的神情，道：「那天在七色館，當她向范爺說話時，她現出我從未在她身上發現過的專注、用心，似每一個字，她須花全身的氣力，方說得出來。她為范爺動情，殆無疑問。故此事後她擺出以後對范爺不聞不問的姿態，愈發令人難解。」

龍鷹終明白過來，亦給惹起好奇心，主要仍源自紀夢驚心動魄、無與倫比的精緻清麗，同意道：「確有點矛盾。」

「青樓大少」探手摟他肩頭，哄孩子般道：「范爺願和老哥我一起去找出答案，不水落石出，絕不罷休？」

龍鷹先是愕然，接著方知中了比狡狐更奸的千年老狐之計，墜進轂中方察覺，啞然笑道：「老哥厲害！」

柳逢春微笑道：「因為老哥是你的真正知己嘛！看范爺竟可抗拒清韻，知范爺何等樣人。」

龍鷹以苦笑回報。

如符小子之於柔夫人，想到可見紀夢，一顆心不爭氣的發著熱。

男人是否永遠那麼多心？

柳逢春摟著他往大門走，道：「若范爺可在忙裡偷空，不若我們現在一起去探訪夢夢，老哥是急不及待呵！」

龍鷹問道：「她住得很近嗎？」

柳逢春道：「隔兩個里坊，不近，也不算遠。」

大喝道：「備車！」

立即有人應諾，尚未抵外大門，馬車開至兩人身旁。

正要登車，一人從外大門處走進來，赫然是登上右羽林軍大統領之位的楊清仁。

龍鷹和柳逢春離開紀夢的香居，頗有碰了滿鼻子灰的感覺。

事前不論柳逢春，又或龍鷹本人，都認為紀夢對「范輕舟」的不聞不問，是個幌子。

龍鷹更心內矛盾，明明曉得「多一事，不如少一事」，在柳逢春引人入勝的邀請下，仍抵不住紀夢的魔力，隨「青樓大少」探奇，好弄清楚紀夢芳心內的玄虛。

往紀夢居所的車程上，柳逢春的話題落在清韻身上，指出她熱愛目前的工作，對甚麼相夫教子那一般女子憧憬的生活，避之如蛇蠍。

柳逢春道：「秦淮樓之所以能成西京第一名樓，她居功至偉，賴她將心神全投進業務去，不遺餘力，視樓內女兒們為己出，極得愛戴。然人總是人，偶或逢場作興，我一向不干涉。」

柳逢春說得含蓄，龍鷹聽得心領神會，明白柳逢春在暗示，與清韻屬霧水情緣，不虞有惹上身之後果。

對清韻的出身，柳逢春一字不提，於青樓中人，身世乃忌諱，就像江湖裡的「英雄莫問出處」，忘掉更好。

馬車停下來。

柳逢春一臉歉疚的道：「今晚的事，老哥我很不好意思，是枉做小人，還累及范爺，怎想過刁蠻任性的女兒，讓我們齊吃閉門羹？」

倒非真的閉門拒納，婢子開門請他們入廳坐下，尚未暖椅，紀夢遣婢子傳話，說她抱恙在床，今晚不宜相見，卻沒囑龍鷹改天再來。這記軟釘子大出兩人料外，焦頭爛額下，識趣離開。

龍鷹見柳逢春比自己更慘，安慰他道：「任何事情均會改變，任何事情均會過去，得得失失，不用放在心頭。對大少的一番苦心，高義隆情，范某人感激。」

拍拍他肩頭，下車去了。

到馬車走遠，龍鷹方舉步走進因如坊。

弓謀在大門迎接他，領他繞過眾賭館，朝後院的方向走。

早前楊清仁在秦淮樓外大門截著他，說有大事商量，由於龍鷹須隨柳逢春往訪紀夢，故答應楊清仁事了後找他說話。在北里想找個清靜的地方，豈是容易，龍鷹又不想重返剛脫身的秦淮樓，遂約他在因如坊借一角說話。

賭館人山人海，喧鬧震天。

龍鷹道：「今晚生意很好！」

弓謀笑道：「他們像釋放出來的囚犯，解禁一去，等於打開監倉的大門。這兩天賭坊的生意，比平常多上幾倍，因如坊這麼大的地方，仍不敷應用。」

龍鷹問道：「楊清仁常來嗎？」

弓謀道：「一個月總來幾趟，好造成賭坊常客的假象，楊清仁很有節制，到這裡只賭兩手，從來不沾酒色。」

又道：「通知言志了，他在期待范爺。」

龍鷹點頭表示明白。

因如坊後院比平時寂靜，原因是來客太多，香霸等不得不全體出動，到各賭館打點，招呼客人。

楊清仁就在香霸愛勾留的水榭等待他，弓謀告退後，剩下他們兩人在榭堂說話。

兩人隔几而坐。

楊清仁欣然道：「這是清仁沖泡的茶，敬范當家一杯。」

龍鷹和他碰杯敬茶，呷了幾口，香茗入喉，確有怡神靜心之效。所受的打擊，在此刻變得遙不可觸。

怎麼說呢？

紀夢的無情，雖令人百思難解，卻落得心死的安安樂樂，屬痛苦的快感。於他來說，本就不該去惹她。

龍鷹問道：「究竟有何重大之事？明天說也不成？」

楊清仁道：「我由正午找你找到晚上，到范當家與武延秀進入秦淮樓，我才收到消息，正想入樓尋你，見到范當家和柳逢春走出來。」

又順口問道：「你到了哪裡去？」

這樣的一句話，以前楊清仁絕不會問，現在則問得自然，正顯示他們間的關係大不相同，可閒話家常。

龍鷹隨口應道：「小弟到了无瑕大姐的香巢狠睡了幾個時辰。」

楊清仁呆了一呆，難以置信的道：「在她處睡覺？」

龍鷹得意的道：「小弟並非受邀請的，大姐她人不在家，我是鵲巢鳩佔。哈！結果是她回來發現後，給她執著襟口，玉手一揮，清醒時發覺身在門外，感覺很爽。」

楊清仁聽得目瞪口呆，好一會兒才道：「真令人羨慕！」

龍鷹心忖之所以可對紀夢的拒絕淡然處之，主因乃沒有閒暇，不容多想。再一次問道：「究竟是甚麼事？」

楊清仁沉吟片刻，歎道：「眼前有件非常頭痛的事，就是我副手的人選。」

龍鷹差些兒衝口而出，說你身為右羽林軍大統領，對此有決定的權力，李顯肯點頭便成。幸好記起自己乃「范輕舟」而非「龍鷹」，理該對禁軍的權力架構不知情。道：「河間王指的是右羽林軍副統領之位？」

楊清仁歎道：「正是這個位子，兵變後，一直懸空，本待大統領之位有人坐定後，由大統領提出人選，呈往兵部，最後由皇上定奪。」

又道：「兵部是裝個樣子，屬虛文，宮內重要軍職，須得皇上點頭。」

接著看著龍鷹，苦笑道：「明天我必須提出這個人選。唉！此人不但須得皇上的認同，且長公主不反對，又不致惹起娘娘和宗楚客強烈的反感。范當家說哩！這樣的一個人，教本王到哪裡去找？」

龍鷹終告明白，為何這傢伙找得他那麼急。他現時面對的難題，是不可能由他解決的。最理想當然是任用他大江聯的人，又或從他的「二十八宿」裡挑人，卻是不可能的。

任何能在宮內任軍職者，須經得起嚴格審核才成。

在爭奪大統領之位慘輸一著的韋氏子弟，如能在副統領的位子勝回一仗，不但是補償，還可憑韋宗集團目下的強勢，將楊清仁的大統領架空。

楊清仁思慮無遺，當然想過種種可能性，卻是巧婦難為無米之炊，不得不來向「范輕舟」求助。

龍鷹陪他頭痛，想找個有資格的人已不容易，還要是個可不屈於韋后淫威者，這般的人，到哪裡去找？

楊清仁壓低聲音道：「我想到一個人，須范當家出馬方成。」

龍鷹一呆道：「誰？」

楊清仁道：「乾舜！」

龍鷹好一陣子，方掌握他在說甚麼。他奶奶的！虧楊清仁想得到。

從各方面來看，乾舜均切合他們的要求。

乾舜為關中世族的年輕領袖，武功高強，肯定可過李顯、李旦和太平三關。韋后當然不滿意，因非她的韋氏族人，但很難反對，因撇除心內好惡，乾舜比之任何韋氏子弟，更勝任此職。

宗楚客亦難阻撓，因等若開罪整個關中世族群。

唯一問題，是乾舜肯否擔此重任？

龍鷹終曉得，今晚夜訪高門美女之事，已告泡湯，自己受傷害的心，不能從她處得到慰藉。

第十六章　京城生活

龍鷹臨天亮偕符太返興慶宮。

為免打擾符小子和小敏兒習慣了的生活，在他要求下，高大分配了在兩人居所附近，金花落裡另外一座獨立的兩層樓房給他。善解人意的高力士，安排婢僕為他打掃，其他的由小敏兒兼起照拂之責。

爬上榻子，沉睡過去，尚未睡夠，給不知從那裡鑽出來的小太監喚醒，帶來一批衣服，全為高力士昨天在東市遣人為他買的新衣，設想周到。

梳洗時，龍鷹大有到西京後，今天「落地生根」，開始新生活的滋味。

當然，純為錯覺。

觀之來京後的身不由己，命運的另一浪頭沖過來，不知沖他到何處去了。

他精神大振的到符小子處去，和剛醒來的符小子，共享小敏兒一雙巧手弄出來，豐富得過頭的早膳。

小敏兒可以伺候龍鷹，興奮得俏臉紅撲撲的。不見好一段日子，小敏兒出落得更如花似玉，清麗逼人，令龍鷹忍不住多看幾眼，飽餐秀色。

小敏兒將一籠熱氣騰升的肉包子擺上桌面，提醒道：「記著呵！」

龍鷹問道：「記著甚麼？」

符太代答道：「高小子派人傳話，今天你無論如何，須入宮見皇帝老子。」

龍鷹痛不欲生，道：「一來一回，至少整個時辰，我還用做人？」

符太歎道：「無辜的是我，要陪你這混蛋入宮。誰教你說的話這麼中聽，你心裡有個準備，他睡午覺前，休想脫身。」

又歎道：「最怕是他興奮至不睡他的龍覺。」

龍鷹邊吃邊道：「那即是說……唉！」

符太道：「即是說，你可能要陪他共度良宵。哈哈哈！」

為他們添粥的小敏兒，掩著小鴨嘴逃出內堂。

龍鷹大呼倒楣。

符太道：「到今天我方明白『有人辭官歸故里，有人漏夜趕科場』兩句話，說服乾小子當官，原來須費這麼多唇舌。」

龍鷹想起昨夜，猶有餘悸。

乾舜反而問題不大，知此為「一家便宜兩家著」的美事，兼之他不甘後人，希望能為「長遠之計」盡力。

問題在牽連重大，影響他家族未來的榮枯。際此韋氏子弟當道，人人瞧出韋后對皇座有野心之時，右羽林軍副統領之位，確為燙手熱山芋，觸之動輒皮開肉裂。一旦受株連，受罪的非乾舜個人。

到驚動乾氏家族德高望重的長輩，乾舜的大伯父，得他深明大義，事情終圓滿解決。

如乾舜不能出任此職，將楊清仁捧上大統領之位的所有努力，盡付東流。

宇文朔負責知會在長公主府等候消息的楊清仁，龍鷹和符太回來睡覺。

至於獨孤美人兒，想也休想。

問道：「我們的高大，有何新消息？」

符太失笑道：「他娘的『高大』，現時人人叫順叫慣，說高力士，反沒人知是誰，皇上也愛喚他作高大。」

接著低聲道：「未見過老爹對兒子這般無情的。」

龍鷹道：「你在說甚麼？」

符太道：「說的當然是李顯，武三思於他比親生兒子更親，李重俊生前，李顯從未盡父親的責任，任由那毒婦侵凌逼害親生兒，如非湯公公的臨危死諫，觸及他自身的利益，說不定真的弄個皇太女出來。」

難得符太為李重俊生出憤慨，顯示他多出了以前沒有的人性善良的一面，不平則鳴。也因李重俊雖桀驁不馴，生前一直尊敬符太的「醜神醫」，執禮甚恭，視「符太」為師，敬「醜神醫」為可信任的長輩。

肯說這番話，算對李重俊很好。

符太續道：「他奶奶的，李顯拿了兒子的首級，竟著人拏去祭武三思之靈，同時廢其為庶人，梟首於廟堂。」

龍鷹心忖如給李顯另兩兒李重茂、李重福聞得此事，不對父皇心死才怪。

符太又道：「說回高大那小子，韋后已將他視為心腹，兩次召他去說密話。」

龍鷹心忖高力士多次向韋后通風報訊，終見成果。問道：「說甚麼？」

符太道：「第一次召見，問的是你、我和宇文小子三人的關係，又我們與上官婉兒的關係。高大依我們想好的那一套，變通後整盤奉上，據高大當時的觀察，那婆娘聽得心中竊喜，以為我們只是因緣際會走在一起，乃一盤散沙，大部分的主意，是李顯自己想出來的。」

龍鷹道：「她這麼熟悉丈夫，怎可能相信李顯這麼有主意？」

符太道：「據高大的分析，這是因立足點不同而生出的錯覺，我們費盡九牛二虎之力，方令李顯敢鋌身而起，對抗惡妻，當然清楚李顯如何窩囊，我們立足之處，是真實的情況，沒半點含糊。」

龍鷹同意道：「確然如此。」

符太續道：「那婆娘的立足點，卻是最懂看風使舵的高大鋪陳出來的假象，繪影繪聲，生動處如令那婆娘處身御書房內。且因非無前車之鑑，現在不過是在洛陽冊立太子一事的重演。當那婆娘觸及李顯的底線，病貓也可發威。」

龍鷹喜道：「如此對我們有利無害，可大幅紓緩我們將韋捷扯下馬來形成的緊張關係。」

符太道：「高大還有個很有意思的看法，就是我們一向和楊清仁那小子的關係並不和睦，故此任命楊小子為大統領，該不是我們的提議。哈！錯就錯在韋捷這個倒楣鬼，成事不足，敗事有餘。據報那婆娘將韋捷和他的公主，罵足一個時辰，罵他奶奶的狗血淋頭。」

龍鷹問道：「另一趟召見，問的又是甚麼？」

符太道：「大同小異，這次集中在楊清仁與我們的關係，這方面宗楚客比那婆娘清楚，我對楊清仁，從來沒有好說話。」

龍鷹拍拍肚子，道：「是時候入宮哩！」

給符小子不幸言中，李顯雖仍睡午覺，卻不肯放過龍鷹，著龍鷹候他睡醒，再續前緣。

伺候皇上，幾個時辰，比之苦戰三天三夜更使人心疲力倦，皆因大多數時間言不及義，又不住重複些老問題，最要命的是他問及有關武三思遇害之事，偏不可告知真相，皆因仍非和宗楚客正面硬撼之時。

不過，唯一值得安慰者，是李顯確有振作之意，雖然為時已晚。

沒了武三思，對李顯影響至鉅，竟取消是晚例行的夜宴，龍鷹等則叫苦連天。到二更時分，李顯方肯放人。

龍鷹、符太和宇文朔三人策馬離開。

三人放蹄奔馳，到出朱雀門，方勒馬減速。

龍鷹完全沒法興起夜訪美女的念頭，亦早錯過了无瑕難能可貴的家常便飯，心的疲倦，令人失去對抗肉體疲倦的意志力。

龍鷹歎道：「真不知我們高大的日子，是怎樣過的。」

符太罵道：「我是給你拖累，陪你受苦，從未見過皇上如此興致勃勃、龍精虎猛的，以前頂多半個時辰，已失去說下去的興趣。」

龍鷹呼冤道：「又關老子的事。他不是興奮，而是因武三思大殮，思前想後，滿懷感觸，卻惟有我們是他傾訴的對象。」

宇文朔道：「不過范爺確談笑風生，在過去的個多月，我未聽過他這麼多笑聲。」

符太恐嚇道：「或許他要你代替武三思的位子。」

龍鷹頹然道：「勿危言聳聽。你奶奶的，現時須格外留神，留意王昱的奏章何時到，好為我們的吐蕃和親團落藥做工夫，趁關係空前良好的時刻，說動李顯。」

符太哂道：「何用憂心，表哥的奏章到時，上官才女自會召你到她香閨密議，談個通宵達旦，但絕不會忘餐，當然更不廢寢。哈哈！」

龍鷹罵道：「去你的娘！」

此時宇文朔和他們分道揚鑣，返家去也，兩人則進入興慶宮。

符太道：「要不要到我處來，吃點東西？」

龍鷹沒好氣道：「你還有閒聊的精神？」

符太道：「你太用神了。曉得問題出在哪裡嗎？」

龍鷹不解道：「何謂太用神？」

符太道：「就是用錯了力道，花多了精神，原因在不明白過去一段日子李顯本身的變化。」

又道：「像我便比你輕鬆多了。」

龍鷹連最後一絲去見美人兒的想法消失了，痛改前非的道：「太醫大人罵得對，待小弟睡醒一覺，立即用功。」

前面站崗的四個衛士，迎上來為他們牽馬。

兩人踏鐙下馬，把馬兒交給他們送往馬廄。

踏入金花落的園林區，符太止步道：「老子該何時去找我的柔柔？」

龍鷹灑然道：「仍是那一招，叫『天網不漏』，若柔柔注定是你命中的秘密情人，颳大風都颳不掉。明天如何？」

符太擔心的道：「話是這麼說，可是你到西京不過三天，老子立即趕到，對方不疑心我們間有微妙的關係才怪。」

龍鷹道：「此為『欲彰彌蓋』的道理，專用來招呼无瑕般愛動腦筋的人。最妙這事乃她和鷹爺間的秘密協議，沒理由來質詢我，又不敢問你，因清楚你沒半句好說話。」

符太道：「一切依你之言，如弄砸事情，勿怪我。」

然後求教道：「你堂堂自詡泡妞的本領勝我百千倍……」

龍鷹打斷他道：「勿說廢話，哪有這麼誇大的，追求美女沒有成法可言，盲拳可打死老師傅。我勝在旁觀者清，以你的為人，肯低聲下氣來問道，實犯了個基本的錯誤，就是著緊得失。豈知此正為情場大忌，你愈著緊，會被她舞得暈頭轉向，以你對她的著緊為樂。只有擺出一言不合，各散東西的姿態，方有令她乖乖獻身的可能。」

符太苦笑道：「跟著你這個第九流的師父，未出江湖已給人活生生毆斃。我和柔夫人情況特殊，她寧願受苦，絕不向至少算半個敵人的老子投降，以前如此，現在如此，情況從沒改變過。」

稍頓，續道：「唯一的改變，是得无瑕知會，柔夫人到今天仍未從情傷回復過來，並自願穿針引線，至於如何弄柔柔上榻子，須看我的本事。」

龍鷹動容道：「原來你表面的懶閒，是裝出來的，實質小腦袋全面開動，想到我沒想過的事。他奶奶的！確令人頭痛。唉！這類事，外人很難為局內人出主意。」

符太拍腿道：「果然沒問錯人，你說出了致勝的竅訣。」

龍鷹摸不著頭腦。

符太喜上眉梢道：「技術就在這裡，關鍵處在乎我和柔柔是『局內人』，換言之我們兩人均入了局，老子就來個君子坦蕩蕩，指出我們間的危險性和可能性，不論可否得她一夜恩情，也立即離開，至於是否後會有期，還看老天爺的心意。」

龍鷹聽得一塌糊塗，抓頭道：「你當然要離開，否則『醜神醫』自此神秘失蹤，害多嫌疑最大的田上淵一次。但這樣逼她就範，不怕惹她反感？」

符太道：「此為入局與否之別。依我看，无瑕未必像我們設想般的好心腸，一意成人之美。上趟我們因有捨棄《御盡萬法根源智經》的絕妙之著，將柔夫人殺個人仰馬翻，中了情毒。他奶奶的！事實上『情場戰場』的情況從未改變過，故此今仗實為上一仗的延續。所謂解鈴還須繫鈴人，老子就是這個勞什子繫鈴者，因此无瑕代姊妹出頭，將我這個繫鈴者挖出來，令柔柔有平反敗局的機會。」

又沉聲道：「我指的危險性，正是這個情況，可不要以為我符太是易吃的。」

龍鷹動容道：「局內人，果然與小弟的局外人，分別很大。」

皺眉道：「若然如此，无瑕和柔夫人豈非佈局來害你？」

符太道：「或許柔柔注定了要成為我的女人，給你一句『局內人』，令我福至心靈，思如泉湧。」

微一沉吟，道：「真實的情況，該遠比你想的複雜，如果柔夫人可和无瑕設局來害我，那她的情傷不過皮肉之傷，沒傷及五臟六腑，是可以痊癒的，如此何勞无瑕費神？」

龍鷹讚道：「好小子！確分析入微。只看无瑕不得不將你這繫鈴者挖出來，正代表著柔夫人對你這傢伙情根深種，難以自拔。不過，既是如此，為何你認為无瑕不安好心，非是成人之美？」

符太道：「看似矛盾，皆因我們並不真的了解玉女宗的媚術。例如媚術如何與『玉女心功』掛鉤，互為影響。」

龍鷹頷首同意。

符太道：「譬之有人中毒，須服用解藥，那就先要找來解藥，方有服用的可能性，當然，也要看中毒者肯否服用。」

龍鷹歎道：「果然是福至心靈，道盡箇中情況。无瑕是要予柔夫人一個服用解藥的機會，此劑藥就是你，至於柔夫人，肯否服用，如何服用，屬局內人的事，誰都沒法插手干涉。」

符太搖頭道：「由向你求援，反變為由老子點醒你。」

龍鷹哂道：「沒我一句『局內人』，你可想到這麼多東西？」

符太道：「不過順口一句，勿見怪！事實上你說得有道理，我是著緊了點，一旦放開懷抱，漠視成敗，立即立地成佛。」

龍鷹大訝道：「太少少有這麼謙虛的。」

符太道：「不是謙虛，是心情好。想起快見到她，心內如燃燒烈火。」

龍鷹道：「表面看不出來。記著，每次見完她，向老子交報告。」

符太失聲道：「甚麼？天天和你在一起，還要寫東西？」

龍鷹道：「就像你和妲瑪的情況，怎知你們私下做過哪些不可告人的勾當？沒我的提點，肯定你行差踏錯，賠了夫人又折兵時，勿來怨我。」

拍拍他肩頭，返小樓去了。

第十七章　家在西京

七艘戰船，旗幟飄揚的駛過潼關。

符太有個前所未有的古怪感覺，就是「回家」。自懂人事以來，任何地方，於他只為寄居之地，從來非家。

可是，今趟返西京，竟然有遊子歸家的滋味。

船隊載有大批從突厥人得來的戰利品，由旗幟、武器到戰馬，各式各樣，代表的是自太宗滅東突厥後，對突厥人最重大的勝利，船隊是返京向大唐天子報喜。此外，還有降虜八百多人。

除符太的「醜神醫」和小敏兒外，有臨危受命、建下奇功的張仁愿。報喜之責外，他親攜兩個由大帥郭元振簽押的奏章，一個上報河曲之戰的戰況戰果，其盡復河曲之地，將默啜及其狼軍逐往陰山之北，足令大唐朝威勢大振，國力陡增。

另一個奏章直衝田上淵的北幫而來，被擒的三個北幫活口，嚴刑逼供下的招供書，人證、物證，押解西京，務教田上淵百詞莫辯，宗楚客則無法開脫關係。

依照計劃，張仁愿親身向李顯解釋情況後，立即趕返朔方，以處理重新進駐河曲的諸般事宜。

今趟挾勝利而來，對付田上淵和宗楚客的行動，勢不可擋，不到任何人壓下去。郭元振毫無疑問，取代了當年黑齒常之的地位。

符太天不怕、地不怕，且今次返西京是向老宗、老田兩人討債，而非被算帳，不知多麼興奮和期待。煩瑣的事，張仁愿一手包辦，他坐看其成。

反是等若重返囚籠的小敏兒，亦無惴惴不安之態，便出乎符太料外。

抵西京個把時辰的船程前，符太記起某事，不住賊眼兮兮的在小敏兒窈窕修長的撩人玉體上下梭巡，瞧之不厭。

他沒有進一步的行動，倒是小敏兒給他的目光看得羞不可抑，待到艙廳坐下，小敏兒伺候他喝盅熱茶時，小敏兒臉紅紅的湊近他，道：「大人……」

符太不經意的道：「甚麼事？」

小敏兒以微僅可聞的聲音道：「還有大半個時辰才到京師。」

符太愕然道：「那又如何？」

小敏兒霞生玉頰，道：「大人若要拿敏兒取樂，敏兒只會歡喜。」

符太一怔後，啞然笑道：「小敏兒誤會哩！我尚未至那麼的急色，等不及回金花落。唉！告訴你吧！我在頭痛，看有何掩眼之法？」

小敏兒一呆道：「掩眼法？」

符太歎道：「你自己或不在意，未曉得半年來的變化，在本大醫氣血的推動下，體態的豐滿撩人處，盲的也可看出來，像朵盛放的鮮花，稍懂男女之事者，可看出端倪，特別是眉梢眼角掩不住的風情，誰都曉得老子向你幹過甚麼事，以往渾身劇毒那一套，再不可行，不頭痛才怪。」

符太所說的「氣血推動」，是說正經的，指的是「血手」在男女採補上的天然作用，再加曾死而復生轉化而來的生氣，絕非猥褻言詞，可是落入絲毫不懂武功的小敏兒耳內，卻是另一回事，聽得耳根都紅了，不依道：「大人……」

此時，張仁愿來了，小敏兒趁機逃跑，留下兩人在艙廳商議。

由於快抵西京，船上人員全集中到甲板去，做好準備，偌大的艙廳，剩下他們兩人。

張仁愿詐作看不見小敏兒面紅耳赤的情況，舒一口氣道：「快到哩！」

符太問道：「緊張嗎？」

張仁愿坦然道：「比上戰場緊張。在京師，白可成黑，黑可成白，有理說不清，不像戰場上的清楚分明。我們當軍的，最怕是和當官的胡纏。唉！今趟注定是這個樣子。」

符太道：「人證、物證俱在，豈到老宗、老田狡辯開脫？何況有武三思趁機落井下石，多踩幾腳。」

張仁愿道：「希望事情可如此簡單，不過，如鷹爺所言，宗楚客才智上高武三思不止一籌，看準武氏子弟和韋氏子弟如水火之不相容的互相排斥，在拉攏韋氏子弟上不遺餘力，下足工夫，令武三思和韋后愈行愈遠。現時的形勢，是扳倒田上淵，等於扳倒宗楚客；而扳倒宗楚客，等於扳倒韋后和整個韋族，他們的利益糾纏交錯，難分彼我。」

符太皺眉道：「不過！我的娘！今次生擒的三個北幫人質，全為外族，只此一項，已教老田百詞莫辯。」

張仁愿歎道：「劍是兩邊鋒利，我和大帥反覆研究過我們最有力的人證，發覺偏為我們最大的弱點。老田一句話，說他們是突厥人派來顛覆中土的奸細，冒充是他北幫的人，可推個一乾二淨，這場仗絕不易打。」

符太失聲道：「豈非全無作用？」

張仁愿道：「就看武三思能否說動皇上，我可以做的便那麼多，在西京亦不宜久留，否則將給捲進這場自皇上登位後，新朝最大的政治鬥爭內去。」

符太道：「你何時離京？」

張仁愿答道：「盡了上報的責任後，立即離開，大可能來不及向太醫道別。」

符太駭然道：「那我豈非變成唯一的知情者，屆時人人找老子來問兩句，我還有做人的時間？」

張仁愿失笑道：「太醫很愛說笑。放心，基本的事，大帥在奏章裡道盡其詳，關鍵之處，是因獨解支過世消息傳來，身為御前劍士的宇文朔一意參戰，太醫大人則自告奮勇去當軍醫。至於我們的范爺，因被大帥看中他的體型，力邀他去扮『鷹爺』，而如何戳破北幫勾結外敵？如何打贏這場仗？奏章內有詳細的描述，太醫大人依章直說便行。」

又道：「無論如何，今趟宗楚客是兩邊受敵，既疑心田上淵背叛他，又要抵著武三思拉他下馬的攻勢，陷於下風被動，就看能頂多久。然而，說到底，決定權仍在皇上手中，而因太醫是唯一清楚情況的人，又是皇上信任者，故此太醫在這事上舉足輕重，能直接影響最後的結果。」

稍頓，補上一句道：「只要能將宗楚客平調，令他對軍隊失去話語權，已是我們沒疑問的大勝。」

符太沉吟道：「讓韋族的人取老宗之位而代之又如何？哈！何不讓老宗和韋溫互調，老宗幹韋溫的禮部尚書，韋溫則調任兵部，那婆娘豈有反對的理由，還求之不得。」

張仁愿叫絕道：「此招妙極，立可分化韋后和宗楚客。」

符太精神大振，道：「愈來愈精采哩！」

張仁愿還以為他能為中土做好事，因而興奮，怎知符太對大唐朝的榮枯，毫不關心，關心的只是如何可落井下石，狠狠打擊田上淵。田上淵受苦，他快樂。他之肯乖乖趕回去當「醜神醫」，原因在此。

與田上淵的鬥爭，不可能在短期內分勝負，而是長期角力，在各方面比拚交鋒。田上淵冒起得這般快，將黃河幫、竹花幫和洛陽幫的聯軍打個落花流水，本身的實力當然為成敗關鍵，但在背後支持的韋宗集團亦缺之不可。現在武三思已被分化，成為宗楚客和田上淵的敵對者，以符太的為人，趁其病，取其命，盡點人事。

經過商討，符太一方決定對三門峽之事和其後遭伏擊隻字不提，只密告武三思一人，因牽涉到江龍號和龍鷹的勁旅班底，且缺乏人證、物證，徒令符太的「醜神醫」難保持超然身份。

讓武三思曉得，則可收奇效。

武三思不但毫無懸念地照單收貨，且令他更清楚老宗要翦除他的「羽翼」，使他毫不猶豫地撐龍鷹的江舟隆，在人事上做出安排，營造出有利龍鷹反擊北幫的形勢。

他又可在與李顯密話時，讓李顯曉得宗楚客和田上淵，壓根兒不放他這皇帝在眼內，幹掉「醜神醫」，以後誰來治他的奇難雜症？關乎到李顯的切身利益，是可忍，孰不可忍也。當李顯找符太來印證，符太會勸他勿將事情公開，心內有個明白便成，最重要是頂得住惡妻的凌逼，堅持到底。

今趟返京報喜，是謀定後動，然成事在天，最後還須看老天爺的心意。

船抵西京，當今大唐天子李顯，偕皇后、李旦及其諸子、太平、太子、公主親來迎接，武三思、宗楚客等文武百官，全體出席，民眾夾道歡呼，重演當年龍鷹擊敗盡忠和孫萬榮回洛陽的盛況。

隨後，李顯在承天門外的橫貫廣場，舉行接收戰利品的隆重儀式，同時收押降俘。

李顯宣佈全城慶祝三天，與眾同樂。

在喜慶和歡樂背後，新朝未之有也的激烈鬥爭，悄悄展開。

符太是太醫，連一般文官也算不上，到戰場名義上是去當「軍醫」，沒資格聽大將張仁愿的報告，捱過廣場儀式後，逕自溜返金花落，早在登岸時由專人送返與慶宮的小敏兒，伺候他沐浴更衣。

到內堂坐下，喝著小敏兒奉上的熱茶，回家的感覺更強烈。同樣的事物，同一張桌，同一張椅，感覺竟可如此奇特，既熟悉，又新鮮熱辣，發覺到以前忽略了的某些東西般，令他可細味品嘗。

小敏兒則成為眼前小天地不可缺少的部分，沒有她，將變得空空蕩蕩。她穿回便服，在眼前忙這忙那，出出入入，晃來晃去，如此活色生香，平添無限生趣。

小敏兒奉上一盤蒸好的糕點。

符太道：「小敏兒須造一批新衣，令你看來沒擠得那般鼓鼓脹脹。」

小敏兒含羞應道：「知道哩！大人！」

又問道：「高大好該來哩。」

推無可推下，符太須出席在太極宮舉行的盛大國宴，全城世家的代表人物、權貴、有身份地位者，均在被邀之列。

全宮最忙的高大，也是大宮監高力士，約好了親來接他，以示李顯對「醜神醫」

的尊重。

現時符太最不想做的事，是離家。

符太若無其事的道：「不知是否今天不時注意小敏兒的身體，竟看出一些以前未發覺的東西來，若非隨時有人要來，本太醫定要來個望、聞、問、切，然後對症下藥。哈！」

小敏兒又羞又喜，大窘道：「大人愈來愈壞。」

符太探手摟她的小蠻腰，讓她坐在腿上，哂道：「愈變愈好的男人愛來幹甚麼？變好或變壞，小敏兒來給本太醫揀。」

小敏兒被他逼得沒法子，湊到他耳邊以比蚊蚋還細小的聲音道：「變壞！」

符太樂不可支。

旋又想到，自己怎可能變得如此開懷。

妲瑪離開他的那刻，他感到寂寞，幸好立即隨大混蛋離京，踏上驚心動魄的戰爭之路，又為守諾言，與小敏兒終發生肉體關係，一切失控。

事實不到他不承認，有宮內第一絕色，繼大混蛋的人雅後成為人人欲得之的小敏兒，榻上榻下，均為迷死人的尤物，非人力能抗拒。

到今天，他對與小敏兒的甜蜜生活，仍樂此不疲，彌補了妲瑪離開的缺憾。回到金花落，幸福的感覺，尤為深刻。

小敏兒在他懷裡抖顫著道：「造新衣仍可能於事無補，大人須另想應付公主之法。」

符太錯愕道：「何解？」

小敏兒道：「大人這般寵敏兒，說不定敏兒很快懷下大人的孩子。」

符太如從一個夢裡醒過來，暗冒冷汗，說不出話來。

小敏兒訝道：「大人為何不說話？」

符太吁出一口氣，記起大混蛋的情況，道：「由於我所習武功，與一般功法有異，怕小敏兒不是那麼容易懷孕。」

小敏兒滿有把握的道：「早知道哩！聽說鷹爺有著同樣情況，最後他的夫人還不是為他生兒生女嗎？嘻！聽說……噢！不說了。」

符太大奇道：「這麼隱秘的事，小敏兒從哪裡聽來的？」

小敏兒卻怎都不透露，符太威逼利誘之際，高大來了。

第十八章　舉城歡騰

龍鷹猜到疑犯。

荒原舞。

因著他妹子花秀美，荒原舞該是熟悉龍鷹這方面的人，坐船往幽州時，荒原舞特別照顧小敏兒，在某種情況下向小敏兒透露，毫不稀奇。

甚麼都好，他和花秀美一起時，帳內夜夜春宵，小敏兒仿效下，符小子自是豔福無邊。不過，娶妻生子，明顯是符小子的噩夢，將徹底顛覆他的人生和奉行不悖的信念。

符太確變了，更難得是他竟肯寫出心境的變化，在龍鷹著他下筆寫實錄前，是不可想像的。

龍鷹有個直覺，每當符太提起毛筆，立即晉入一奇異境界，既非旁觀者，亦非書裡人，而是無人無我，忘情地將所思所想，應之於手，天然流露，就好像不是他自己寫的。那亦是一種特別的修行，可惠及他武技上的修養。

現在符太因小敏兒，對金花落生出家的歸屬感，不但表示接納了小敏兒，視之為伴侶，更因他成功縫補了少年時的憾事，姐瑪令他失而復得，挽回了不可能挽回的過去。雖然，心內的傷疤怕永難完全癒合，不留痕跡，但至少淡褪多了，心裡的仇恨，亦有田上淵此一擺在眼前的目標，令他對一切積極起來。

胖公公似隨口說出來的計劃，徹底改變了符太的人生。

緣份這東西，奇妙至極。

高力士立在大門外的馬車旁，拉開車門待符太登車，還和送符太出大門的小敏兒揮手打招呼。

他出奇地毫無倦容，神態還不知多麼優悠自在，好整以暇，只是眼皮紅腫。

駕車的是個年輕太監，目不斜視，似不知符太正步下臺階。

符太打量太監御者，因從未見過他。

高力士躬身道：「是自己人！」

符太一呆道：「自己人？」

高力士恭謹答道：「小賢天生聾啞，專責駕車，對我忠心耿耿，因小子是唯一沒打他的人。」

符太皺眉道：「打他？」

高力士答道：「罵他，他聽不見，所以都是一巴掌刮過去。」

符太少時給人打慣了，沒甚麼感覺，訝道：「為何眼皮紅紅腫腫，哭過嗎？警告在先，千萬勿說因來見老子，感動得哭起來，我受不了。」

小敏兒「噗哧」嬌笑，見兩人朝她瞧來，駭得掩嘴笑著躲返屋內去。

高力士道：「受俘儀式後，皇上向天下公告朔方大捷，將默啜趕回陰山之北，盡復河套之地，實為太宗以來，前所未有之大勝，論影響，尤過於斬盡忠和孫萬榮之役，並宣佈全城慶祝三天。消息傳開後，家家戶戶張燈結綵，男女老少換上新衣，大大小小，聯群出外，放鞭炮，燒煙花，商戶舖門大開，供應各式膳食美點，人人喜氣洋洋，小子睹景思人，憶起幾位爺兒的不朽偉業，小子雖身在京師，仍無一刻不謹記經爺的多年教誨，竭盡綿力，遂感與有榮焉，一時感動下，哭了出來。經爺英明，洞察無遺，明白小子哭泣背後複雜難言的情緒。」

符太想不到他繞了個圈，仍大拍他馬屁，又不能指他說得不對，沒好氣道：「老子似乎認識你這個傢伙，頂多一年或年半，何來教誨多年？吹牛皮沒問題，吹得過火便是問題。」

高力士想都不想，不慌不忙的答道：「經爺英明，在經爺面前，小子豈敢不老老實實，謹言慎行。」

稍頓，續道：「早在得經爺耳提面命前，小子已暗中向兩位爺兒虛心取經，從爺兒們的『富貴不能淫，威武不能屈』，得到莫大的啟發，因之而立定志向，培養出一丁點兒的風骨。」

符太心裡湧起說不出來的滋味，高力士的辯才無礙，如此般熟悉親切。

他奶奶的！

終於回到西京。

四目交投。

事先並沒約定，兩人均忍將不住，放聲大笑。笑得不知多麼辛苦，多麼開懷，充滿久別重聚的欣悅。

之前兩人雖碰過面，然苦無接觸交談的機會。

符太搖頭道：「你這傢伙死性不改。」

逕自登車。

高力士跟在後，坐到他身旁。

馬車啟程。

符太道：「你不用留在宮內打點？派個人來接老子便成，何用大宮監親身出馬？」

高力士道：「是娘娘的意思，著我先來摸底，然後向她報上。」

符太訝道：「她看過大帥的奏章了？」

高力士道：「是收到風聲。」

接下去道：「皇上偕一眾王公大臣，到碼頭迎接凱旋軍，兩道奏章先送往大明宮，由昭容讀，口頭上報皇上，再由小子通風報訊，知會娘娘。娘娘曉得情況不妙，遂著小子來摸經爺的底，因知道皇上問過張仁愿後，下一個問的肯定是經爺。」

符太讚道：「小子做得好！」

最能盡展所長、發揮效用的高力士，就是一個能左右逢源的高力士。

又頭痛道：「近朱者赤，沾染了大混蛋的辛苦命。」

高力士安慰道：「今夜是慶祝的時刻，其他事，盡留明天。」

興慶宮金明門在望，宮牆外人聲鼎沸，鞭炮聲此起彼落。

一隊旗幟鮮明、執戈持戟，由三十人組成的飛騎御衛，見符太座駕到，頭子一聲吆喝下，立正敬禮，擺出護駕出宮的姿態，嚇了符太一跳，沒想過如此隆重。

高力士解釋道：「在皇上的公告裡，列舉今仗功臣，經爺位處榜上，當的軍醫活人無數，差些兒能起死回生，故極得群眾愛戴，又見來迎接經爺去參加慶典的車隊進入興慶宮，故門外聚滿人群，好為經爺歡呼喝采。」

符太叫苦道：「我的娘！老子不慣給人這般的喊叫。唉！我該怎應付？」

高力士佩服道：「經爺高風亮節，不慕虛榮。應付的方法非常簡單，掀起車簾揮手便成，又或甚麼都不做，沒人怪經爺的。」

符太罵道：「少說廢話，都是你弄出來的，不可以找隊普通點的騎隊嗎？偏是飛騎御衛，誰都猜到是來接人。」

苦惱時，宮門洞開，喝采歡呼，如潮漲的捲浪，直沖進來。

龍鷹讀得好笑，高小子確是宮中一絕，即使符太常罵他說廢話，事實卻是「千穿萬穿，馬屁不穿」，非但中聽，由高力士演繹出來，更妙趣橫生，另具親和力。若連難相處的符小子也中招，習以為常，其他人更不用說。

河曲之戰，於他已事過境遷，不放心上，可是此刻重溫京城祝捷的情況，心內不由填滿激動人心的情緒。

此仗不單勝來不易，且勝得極險。

眼皮沉重起來，終撐不住，沉沉睡去。

醒來時日上三竿，《實錄》仍放在胸膛的位置。

喚醒他的是符太的足音，雖踏地無聲，仍瞞不過魔種的靈覺。

龍鷹納《實錄》於懷，在榻上坐起來。

符太踏足二樓，移到榻旁坐下，道：「樂彥找你。」

龍鷹差點忘掉這個人，錯愕道：「樂彥？」

符太道：「他的精神不大好，眉頭深鎖，憂色重重，依我看，該不是私下來找你，而是奉老田之命而來。」

龍鷹沉吟道：「這麼看，宗楚客和老田至少達成表面的妥協和諒解，老宗遂逼老田與我和解採取主動，以紓緩繃緊的關係。」

符太道：「我們千辛萬苦擒下來的戰俘，肯定已被老宗殺人滅口。」

龍鷹打量著他，點頭同意符太的看法，他向夜來深交出活口時，早想到必是這個結果。

問道：「你不用陪樂彥閒聊幾句？派個人來通知我去見他便成。」

符太道：「我是乘機脫身，你去見他時，老子逛街。」

不待龍鷹追問，岔開道：「尚有一事，剛才高大遣人來報，昭容有命，著范爺你今天無論如何，在午未之交，乖乖留在這裡候她來幽會偷情，我會和守興慶宮的副將商量，屆時令衛士把守四方，不讓閒雜人等踏入小樓百步的範圍內。」

龍鷹沒好氣的道：「去你的！」

符太道：「你信也好，不信也好，最好莫得罪女人，特別是以前和你有過姦情的，更絕不該是上官婉兒。」

龍鷹道：「不用恐嚇我，我會在這裡等她，上榻子又如何？又不是第一次。」

符太哂道：「希望我們沒表錯情，誤會了大才女。快滾去梳洗更衣，要不要找兩個俏宮娥來伺候你，高大現時乃宮內最有辦法的人，別人辦不到的，他一手包辦。」

龍鷹一手執著他胸口的衣服，將站起來的符太，扯得坐返榻緣，凶巴巴威嚇道：「是否去找柔夫人？」

符太舉手投降道：「除此外還有甚麼更刺激的，我用你的方法，先和无瑕取得接觸。哈！你從我的衣著看破玄虛。對！外衣內，是老子的真身。」

見龍鷹仍拿著他不放，喝道：「還不放人！」

龍鷹道：「記得寫報告。沒有老子在旁助陣，你這小子給人吃了仍弄不清楚究為何事。」

符太無奈答應，脫身去了。

《天地明環》卷十六終

黃易叢書系列

尋秦記〈修訂珍藏版〉〈全六卷〉HK$450.00/每套
大唐雙龍傳〈修訂珍藏版〉〈全二十卷〉HK$60.00/每本
覆雨翻雲〈修訂珍藏版〉〈全十二卷〉HK$60.00/每本
破碎虛空〈修訂版〉〈全二卷〉HK$72.00/每本
荊楚爭雄記〈全二卷〉HK$42.00/每本
邊荒傳說〈全四十五卷〉HK$42.00/每本
大劍師傳奇〈全十二卷〉HK$42.00/每本
超級戰士〈全二卷〉HK$42.00/每本
幽靈船 HK$42.00/每本
龍神 HK$42.00/每本
域外天魔 HK$42.00/每本
迷失的永恆 HK$42.00/每本
靈琴殺手 HK$42.00/每本
時空浪族〈全二卷〉HK$42.00/每本
星際浪子〈全十卷〉HK$42.00/每本
雲夢城之謎〈全六卷〉HK$42.00/每本
封神記〈全十二卷〉HK$48.00/每本
文明之謎 HK$42.00/每本
盛唐三部曲之第一部曲 —— 日月當空
〈全十八卷〉HK$72.00/每本
盛唐三部曲之第二部曲 —— 龍戰在野
〈全十八卷〉HK$72.00/每本
盛唐三部曲之第三部曲 —— 天地明環
〈出版中〉HK$72.00/每本

2

盛唐三部曲

黃易

龍戰在野

《盛唐三部曲》第二部——全十八卷

《龍戰在野》是《盛唐三部曲》的第二部曲，延續首部曲《日月當空》的故事情節。此時武曌的第三子李顯強勢回朝，登上太子之位，成為大周皇朝名正言順的繼承人，群臣依附，萬眾歸心，可是力圖顛覆大周朝由突厥汗王在背後支持的大江聯，亦成功滲透李顯集團。武曌雖仍大權在握，但因她無心政事，撥亂反正的重擔子落到龍鷹肩上。內則宮廷鬥爭愈演愈烈，奸人當道，外則突厥稱霸塞外的無敵狼軍鷹瞵狼視，龍鷹如何能挽狂瀾於既倒？其中過程路轉峰迴，處處精彩，不容錯過。

黃易

日月當空

《盛唐三部曲》第一部——全十八卷

《大唐雙龍傳》卷終的小女孩明空，六十年後登臨大寶，以武周取代李唐成為中土女帝，掌握天下。武曌出自魔門，卻把魔門連根拔起，以完成將魔門兩派六道魔笈《天魔策》十卷重歸於一的夢想。此時《天魔策》十得其九，獨欠魔門秘不可測，從沒有人練成過的《道心種魔大法》，故事由此展開。

大法秘卷已毀，唯一深悉此書者被押返洛陽，造就了不情願的新一代邪帝龍鷹崛起武林，與女帝展開長達十多年波譎雲詭、恩怨難分、別開一面的鬥爭。

《日月當空》為黃易野心之作，誓要超越《大唐雙龍傳》，成為另一武俠經典，乃黃易蟄伏多年後，重出江湖的巔峰之作。

覆雨翻雲

〈全十二卷〉

黃易

◆修訂珍藏版

生於洞庭，死於洞庭。
黑道人才輩出，西有尊信門，北有乾羅山城，
中有洞庭湖怒蛟幫，三分天下。
怒蛟幫首席高手「覆雨劍」浪翻雲，傷亡妻之逝，壯志沉埋。
兼之新舊兩代派系爭權侵軋，引狼入室，大軍壓境，
浪翻雲單憑手中覆雨劍敗走乾羅，和於赤尊信，
躍登「黑榜」榜首，成為退隱二十年的無敵宗主「魔師」龐斑
一統天下的最大障礙。

五胡亂華之際，在淮水和泗水之間，
有一大片縱橫數百里，布滿廢墟的無人地帶，
南方漢人稱之為「邊荒」，北方胡人視之
為「甌脱」，而位於此區核心處的邊荒集，
卻是當世最興旺也是最危險的地方。
她既不屬於任何政權，更是無法無天，
是為有本領和運氣的人而設的，傳説正是
由那裡開始。

相傳在洞庭之南、湘水之東，一個叫小雲夢的奇異澤地裡，
有座建於古戰國時代的偉大山城，內藏驚天動地的秘寶，
由鬼神守護，致一千多年來，從沒有人能成功找到古城。
此事由一個被關進天牢的死囚披露，當朝天子遂派出心腹猛將，
入澤搜尋古城，二十六個人，二十四個橫死澤內。
二人不知所蹤，成為懸案。案發後十年，御用的懸賞獵手辜月明，
從沒有失過手的大盜烏子虛，百戲團渾身奇技的台柱無雙女，
被捲進此事去。冥冥中似有張無所不包的命運羅網，
使他們愈陷愈深，無法自拔。最耐人尋味的，
是命運究竟要引領他們到那裡去呢？

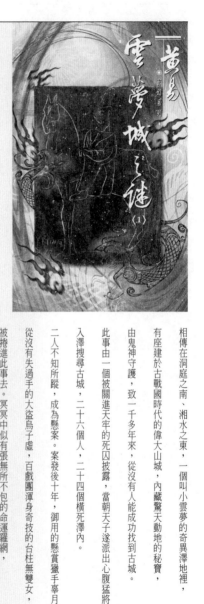

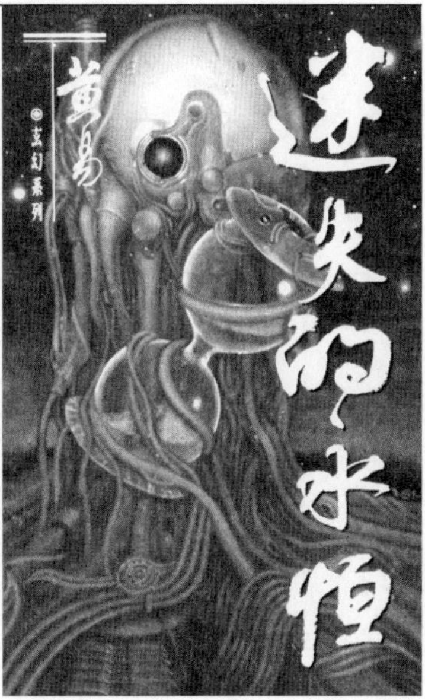

寫滿難解文字的記事本、沒有生命線的手掌、神秘的絕色美女、凶殘的殺手，爲了找尋失落大陸阿特蘭提斯的考古發掘，無數事件串連起一個有關玄秘時空的故事。

凌渡宇陷身重重謎團中，如何揭開這些秘密的駭人眞相呢？

天地明環〈十六〉

盛唐三部曲之第三部曲

作　　者：黃易

編　　輯：陳元貞

特約編輯：周澄秋 (台灣)

發行出版：黃易出版社有限公司

通訊處 香港大嶼山

梅窩郵政信箱3號

電話 (852) 2984 2302

傳真 (852) 2984 2195

印　　刷：SYNERGY PRINTING LIMITED

出版日期：2017 年 2月 (初版)

定　　價：HK$72.00

版權所有 · 翻印必究

如有破損或釘裝錯誤，請寄回本社更換

©2017 WONGYI BOOKS HONG KONG LTD.

PRINTED IN HONG KONG

ISBN 978-962-491-382-8